中華民國七十四年六月初版

©湍流偶拾

基本定價肆元陸角柒分

著作者　繆天華
發行人　莊剛彰
出版者　東大圖書股份有限公司
總經銷　三民書局股份有限公司
印刷所　東大圖書股份有限公司
臺北市重慶南路一段六十一號二樓
郵撥：〇一〇七一七五—〇號

行政院新聞局登記證局版臺業字第〇一九七號

卷頭語

在時間的湍流裏，我溯洄着，掇拾着。

生活是多變化的，有光明面，也有黑暗面。如果沒有痛苦，也就沒有眞正的快樂；就好像沒有挨過難耐的飢餓，也就不能眞正地領會吃飽的快樂。

有一天清早，我照常出去散步。抬頭一看，半圓的月亮偏空，還未下去，東方已現出紅霞，這時候上下一片晶瑩澄澈，生機蓬勃，我的心受了感染，也感到無窮的希望和喜悅。可是另外一天，風雨淒淒，陰沉昏暗，我的心也就無端地消沉起來，一點勁兒都沒有了。人的生活何嘗不是如此呢？快樂和痛苦，常常是更迭而來，苦中有樂，樂中也有苦。

這幾年來，我一共才寫了五十幾篇的短文，結集起來，叫做「湍流偶拾」。自己翻了一翻，竟發覺這裏面寫快意的事情比較多，而怨詞苦語倒是很少。這並不是說這些年來我的生活中沒有隱憂懊惱，只是當我拿起筆來的時候，不自覺地向着愉快開朗的方面憧憬。我平時愛讀杜詩，尤其是他的晚年的作品。但我最喜歡的不是他那些淒涼沉痛的苦語，而是他在憂患生活中昇華出來的麗句。例如：

麝香山一半，
亭午未全分。（晨雨）

這時候他在夔州閒着，山間苦雨，一片濕漉漉的雲霧把整座山籠罩着，到中午的時光才露出一半來。他沒說苦情，但是雨天那種潮濕閉塞鬱悶的情況自然現露出來，而且意境又是那麼美妙。又如：

岸花飛送客，
檣燕語留人。（發潭州）

那時候他在長沙，沒有人家可以讓他寄居，只好就住在船裏。因爲怕冷，所以想到那雁要飛去過多的衡陽去。當他從長沙碼頭出發，開船的時候，竟沒有一個親友來爲他送行，只有岸上飄下來的片片花瓣送他，也只有桅杆頭幾隻燕子呢喃着留他，世情的冷暖，淒涼的情緒，只含而不說，却在言外。又如：

火雲滋垢膩，
凍雨裛沈綿。（回棹）

本來他苦咳想到不下雪的衡陽去避寒，哪裏知道當夏天到了衡陽，却遇着火傘高張，汗流浹背，一身覺得濕膩膩的。有時下了一陣暴雨，仍然是燠熱鬱蒸不堪。他的羸弱的病體吃不消，只得掉轉船頭，又回到長沙。

我雖然寫散文，却企慕他那種本領：化憂思苦情爲清麗的詞句，和佳妙的意境，然而感人的力量反而更深。不用說，我當然學不上萬分之一，只是徒有這種羨慕之心而已。因此我寫文章喜歡含蓄一點，不喜歡平鋪直敘，一瀉無餘。

歌德說：

「如果你目前只寫一些小題目，抓住日常生活提供給你的材料，趁熱打鐵，你總會寫出一點好作品來。這樣，你就會每天都感到樂趣。……你可以在許多片段裏寫得很成功，但是涉及你也許還沒有認眞研究過，還不大熟悉的事物，你就不會成功。單挑其中你能勝任的來寫，你就有把握寫出一點好作品來了。」（歌德談話錄一八二三年九月十八日）

歌德這些話是對「談話錄」的作者愛克曼說的，我覺得他的話確實說得不錯，我臨文時常常會想到。我所寫的總求其不和生活脫節，而且寫我十分熟悉的人或事。我又想起歌德的話：「不要勉強寫作。」這話雖然也說得對，可是在我却成了一種缺點。我要寫作時顧慮太多，又加上懶惰成性，把筆的機會實在太少了。

寫到這裏，我忽然想起喬治．吉辛的四季隨筆(The Private Papers of Henry Ryecroft)。周作人在一篇小品文「喝茶」裏提到這本書，他把書名譯作「草堂隨筆」，說它是很有趣味的書。李霽野翻譯了這本書，書名譯爲「四季隨筆」，因爲這書的內容分爲春、夏、秋、冬四卷。

李譯書名比周譯好。我很欣幸和譯者曾經是同事，承他贈送我一册。我那時問他：「你覺得這本書怎麼樣？」他告訴我說：「這書很難翻譯，因爲有許多典故。作者是很淵博的。它比『簡愛』好。」「簡愛」也有他的中譯本。此書以優美輕鬆的筆調寫他一年來的生活、感想，太富魅力了，我先後看了三遍。但是這書的中譯本於民國三十五年在臺北出版，當時銷路很慘；不料到了後來，却突然風行起來，很多青年也喜歡買它來看。可見眞正的好書終究不會埋沒的。四季隨筆開頭說：

「我的筆放在那裏沒有動已經一個多星期了。我整整七天沒有寫東西，甚至連一封信也沒有寫。除了一兩次生病之外，這樣事在我以前的生活中從來沒有發生過。」

單從這幾句，你就可以看出來，他是一個多麼勤勉不息的作家。想想我自己呢，有時候甚至於一兩個月都沒有拿起筆寫一篇文章，眞是愧煞，羨煞！

一九八五年一月一日，作者寫於臺北。

湍流偶拾 目次

吉山往事

永安的上吉山下，燕溪的水淺淺地流着。雜樹野草叢生，這兒的氣候暖燠鬱悶，風似乎被蹲踞在半山腰的北陵殿所堵住，平常總是刮不大。本地的居民，因爲和外地人語言不通，所以人情是很稀薄的。你如果有什麼事問他們，他們總是回答說：「安得低？」（意思是：哪裏知道？）

我是從江西避難來這裏，只要有一枝棲息的地方，也就好了。不料來到吉山福建音專沒幾天，舊校長忽然遭免職，新校長馬上到任，因爲我的大哥是教務主任的關係，我總算沾了一點光，免被「開革」。那時候正在暑假裏，有一天新校長到「六角亭」來看我，他走進我的房間裏，我覺得很窘，因爲沒有椅子或凳子可以讓客人坐，平時我是坐在床上，書桌就放在床前。「眞抱歉，我到校不久，還沒有領到椅子……沒法請您坐……。」我一時不知道怎麼說才好。

新校長很有禮貌，他隨卽走到隔壁事務主任的房間裏。

「陳主任，」新校長帶着主管威嚴的口氣說，「繆……先生的房間裏還沒有椅子家具，請你就派工友送過去。」

「是，是，是。」陳主任喏喏連聲答應着。

我滿肚子的高興，一等到我的太太從外面回來，連忙把這個好消息告訴她。她把耳朵貼着板壁傾聽了一會，抬起頭來低聲苦笑說：

「你別高興，他正用閩南話在罵你：『憑什麼用校長的力量來壓我，看你有沒有椅子坐！哼，在這裏，你休想！』」我的太太是聽得懂閩南話的。

這個學校雖然不大，人事却是非常的複雜。我在這個漩渦裏，時升時沉，受盡人情冷暖，不過到後來我還是有了椅子，不消說，是在陳主任離職之後。

三十四年八月十日，下午，天氣晴朗。我正在爲一個朋友寫字，（我本來不會寫字，他無端發了雅興，送宣紙來，非要我寫不可，我只好勉強獻醜，塗鴉滿紙。）突然消息傳來：「日本無條件投降了！」我興奮得連字都寫不下去了，放下筆來，向人探聽了一些消息，然後定定心，繼續把字寫完。

好消息不斷地傳來，各人都有各人的打算：還鄉，另謀發展，到上海、南京、北平去。我的心也在動。

「你的機會來了！」十月初的一個傍晚，我的太太下班回家，喜氣洋洋的興奮地說。

「什麼機會？」我連忙問。

「別看不起那施老頭，他倒是個好人呢，他對我說：『現在臺灣教育處趙處長，是我當年在北大的老同學，報上說，他這次從重慶到臺灣，經過永安。我要到城裏去看看這位老同學。如果你先生要到臺灣謀事，我倒順水人情可以替他說一聲。』這豈不是一個很好的機會？」說着，太太的眼睛老望着我，想知道我的意思。

「你是說教務處的那施老頭兒？」我帶着輕蔑的語氣說：「我才不相信他肯幫我的忙！你要知道，大哥在這裏做教務主任的時候，曾經揚言要裁掉他，說他不能辦事。還是我再三勸阻，又說他在重慶方面有點背景，怕惹麻煩。現在大哥已經下臺離校了，這筆帳，還不會記在我的名上？你別輕易相信人家。」

「我說你眞是小心眼兒，」我的太太半嗔半諷地說。「人家不會像你這樣的恨心重。天下確有不少的好人，喜歡成人之美，你不可拿好意看作惡意。拜託他去說說看，有什麼不好呢？」

「我總不大相信，而且卽使託他介紹，也不見得會有什麼效果。」我淡淡地說開去了。

可是，接連幾次他又向我的太太提起，使我不得不同意，寫了一張履歷片給他；爲了表示感激之意，還買了一些鷄蛋，一同送到他的家裏。

過了一兩天，太太向我轉述施老頭兒的話：

「他還認得我呢！」施老頭細說他會見趙處長的情形。「我的左邊太陽穴上有一個疤，他說這很好認。他的名字叫趙迺傳，是我在北大念書時的同班同學。一別二十多年了，他說我的樣子變得還不太多；可是我看他的樣子，唉，却已經有點老態了，頭髮已花白了，想是公務太勞累的緣故。我們話舊了幾句，我就把你先生的履歷片遞給他，他看了一下，說：『這種人才目前正需要，讓我看看，派什麼重要的工作給他。』他住在農林廳的宿舍裏，我不便打擾他太久，就告辭了出來，他一直送我到大門口。」

在我的眼前，彷彿浮現出一個瘦削微僂的老頭兒，雙手哆嗦着把一張小小的履歷片遞給趙處長的景象。我想：「他眞的見到了趙處長。但只怕力量不夠，還得再去找找大人物幫着說一聲才行。」

第二天一早，我跑到永安城裏去見省研究院周院長。我說明了來意，懇請他替我再向趙處長方面推薦。他對我特別好，答應我馬上去找他。

下午，我再見到周院長的時候，他劈頭就抱怨說：

「哪裏有什麼教育處的趙處長？根本找不到。農林廳的宿舍我去問過了，都說沒有這個人。」

我感到愕然，一時答不出話來。……是不是趙處長躱着不想見客？我心裏在猜測。

「那麼，民政處的周處長呢？」我忽然想到了另一道門路。

「周……我不認識。……哦，我可以託沈所長去說去。」周院長一向很熱心，喜歡幫助人。

料不到事情這樣的順利，我和周處長晤談了幾句後，就很快地決定了。

「如果來得及，明天早上六點鐘以前，你到……旅館門口等着，一同乘車出發。」周處長處事乾淨俐落，告辭的時候，他這樣對我說。

「好，我準時到。」

當晚我回到家裏，告訴太太說：明早就要動身到臺灣去。她先是吃了一驚，隨後就忙着幫我收拾行李。我只有一些破書，此外一無長物。我留下一紙書面文件給那位洋氣十足的校長，辭去教職。同事們都來不及話別，家眷暫時留在吉山，等交通情況稍好的時候再去。一切都料理好了，已經是午夜十二點多。我靠在椅子上休息了一個多鐘頭後，就叫六角亭那個工友挑着我的行李連夜上路。

從吉山到永安的一條公路，差不多都在山坡旁邊蜿蜒迴曲，沒有什麼水，只見黃褐色的泥土。汽車的班數很少，就是等到了也擠不上，平時我們到城裏去，總是走路，有二三十里路，得兩三個鐘頭才走到。那次離開吉山，夜色是那麼黯淡，夜氣那麼寒涼，我的心，在離別的氣氛裏，飄蕩着，千頭萬緒，無法收拾。我們兩人藉着星光趕路，路上不大交談。前面矗立着的岩壁下有一間茶棚，我和同事們暇日常常溜達到那裏喝茶、吃花生，現在深夜裏只有幾張空桌子和凳子在黑暗中冷落着。「再見，茶棚！我要離開此地了。哪年哪月會再來呢？」我心裏想着，幾乎要說出口來了。

我們走到那家旅館的門前，天還沒有亮，旅館裏面還沒有一點動靜。放下行李，我拿了小費給那個工友，叫他先回去了。不久，人漸漸地來多了。初出的陽光照射到屋瓦的時候，我們乘的一輛專車開始出發到南平。晚上住在中南旅運社。那天是雙十節，南平的街上正在熱烈地慶祝，鑼鼓聲不絕於耳。三年前我們避難經過南平碼頭，天色黑下來，雷雨頃刻間就要來了，旅館均已客滿，幸虧船夫的好心，讓我們宿於停泊在碼頭的船上。現在可說是「否極泰來」了。

從南平早晨搭小汽船，傍晚就到了福州。我身上穿的衣服太破舊了，同行的一羣都穿得很講究，在晚宴招待席上，弄得我很窘。「你可以去買一套衣服，嗶嘰的，街上很多，而且價錢便宜。」有一天晚上周處長對我說。「到臺灣去，服裝須整齊一點，名士派頭可不大好。」過了一會兒，他又補充了幾句，這一次似乎是對着大家說。

福州的氣候，我覺得柔和舒暢極了，久在湫隘的環境裏，一旦到了這曠敞的水濱，又值秋天，眞是爽快。可惜沒人作伴，附近的名勝古跡，都未曾去遊覽。福州的街市是狹長的，我住在妙巷閩城旅社，須到南臺辦理招考書記的事務，從市區乘三輪車一直往南奔馳，總得要數十分鐘。雖然只取二十名，却有五百多人來報名。每人寫大、小楷各一張，我從這幾份大、小楷當中，挑出五十份較佳的，再由他們從其中選出二十個人。空閒的時候，獨自逛街，上館子吃海鮮。我喜歡吃黃魚，可是每次吃了就瀉肚子，大概是長久未吃海鮮，反而不習慣了。那條古老的南後街，尤其是我喜歡逛的地方。那裏有出名的漆器店、筆墨文具店、棺木店、舊書店。書店不大，書的種類繁雜，價錢不等。我買了一部古香齋袖珍史記、杜詩心解，都是木刻本，雖有點蟲蛀損壞，却沒有缺頁，價錢也不貴。

在福州逗留了十多天，我們乘美軍運輸艇渡海到臺灣。這個時候我才知道，我是屬於教育處所邀約來臺的六個人員中之一，其中有校長、教師。因爲福建省主席怕人才外流，不讓教育人員給延攬了去，這六個人不過聊以應付而已。

臺灣海峽的風浪浩大，運輸艇吃水又淺，顛簸得非常厲害，許多人吐了，我也不能免。二十四日傍晚，抵達基隆碼頭的時候，我困頓得連鋪蓋都打不起來，幸得同船有一個親戚，他不暈船，幫着我打好。

戰後的基隆眞是滿目瘡痍：炸燬了牆角或屋瓦的建築物，破裂而凹凸不平的馬路，赤着脚在路上奔跑的髒兮兮的小孩子，荒涼蕭條的市容，以及基隆港內黝黑油膩蕩漾不停的汚水，都給初到的人一種不可磨滅的無限感觸。一上岸，教育處早有人來迎接我們六人，帶我們去坐火車到臺北。破舊的火車站，在蒼然暮色中顯得特別暗淡凄清。聽說基隆是雨港，到處似乎留着濕漉漉的雨水的痕迹。

到臺北大約已是晚上八點鐘了，我們被安置在本町（現在的重慶南路）一家旅館裏。旅館門口有五六個日本女侍應生跪着向我們恭敬地行禮，歡迎我們。隨後在旅館中吃晚飯，吃的是日本料理，餐具很美觀別致，菜的味道却不怎麼好。夜裏睡在榻榻米上，覺得很新鮮，也頗舒適。

第二天，剛好是十月二十五日，臺灣光復節。我們到中山堂前面去參加慶祝。那個場面是極熱烈動人的。露臺上有人在演說，鞭炮聲、鑼鼓聲，震耳欲聾。八年來的苦難，一旦解除了，臺灣歸還祖國，正義得以伸張，好戰者終於自食其果。

臺北的氣候，遠不如福州的溫和，熱多了。而且是海洋性的變化，乍寒乍熱，朝夕時刻無不在變。初到臺北的時候，我老覺得頭暈，過了一個月後才能適應。我在福州買的那套黑色嗶嘰的中山裝，還覺得太厚了一點，在杲杲炙人的陽光下，簡直受不了，只好脫下上衣，光穿白襯衫。

出了會場，在馬路上逛着。路邊有好多的地攤，陳列着古董器具，多是日本人拿出來賣的，因爲他們馬上要遣送回國了。中午的時候，我們走進一家館子，是本省人開的，他們一看見我們是祖國來的同胞，都親熱地圍攏來了。我們當中有幾個懂得閩南話的，就和他們聊着，問他們光復以前的生活情形。那一頓的菜確實豐富，大魚大肉，擺滿了一桌。菜是福建口味，很可口，只是吃的時候，我們同時在擔心帶的錢不夠付帳。

光復節的次日上午，我們到教育處去見處長。趙處長，一個身材瘦長，鬢髮花白，風度高雅，樸素而誠懇的長者，他伸出手來，和每個人都握握手。

「啊！一共有幾位？………六位。」他帶着杭州一帶的口音，急切地說。「那怎麼夠呢？我曾經託他們邀約一大批的人員來臺，撥給了他們一筆款……，不曉得他們怎麼搞的？」略停一會兒，露出和藹的笑容，道：「諸位旅途上一定很勞頓了，但是我們這裏正迫切需要人幫忙，只好大家辛苦一點了。」

這時候有祕書和科長們進來，於是大家在交談起來。

我趁這個機會，急忙走到趙處長的面前，掏出一張自己的名片遞給了他。

「哦，你也是浙江人！」他看了我的名片，抬起頭來親切地說。

「處長，您這次從重慶到臺灣，有沒有在永安停留？」我突然問。

「沒有，我是從重慶直接飛臺北的。」

我聽了趙處長這兩句話後，恍然醒悟，我是被施老頭愚弄了，開始眞有點憤慨，但是後來細細一想，又覺得釋然了：只因他的一番戲弄，竟使我終於如願以償了。……現在回想起來，也許我還應當感激他才對呢。

失物餘波

——快心小品之一——

那年殘多，遠在艱苦的抗戰時期，我和王君受晏校長之託，從上饒到衢州，替他聘請一位有點名氣的體育教員方輔桓。不料方君堅決不肯應聘，我們的任務也就達不成了。當晚我們又乘夜車回上饒。

報上曾載火車站的扒手很多，旅客須特別注意，免遭扒竊。我的身上沒有帶多的錢，可是有一包證件，剛在上饒領到的，摺疊起來放在右邊的衣袋裏，好像一捆鈔票。我怕被扒，老是用手摸它。火車停下了，人潮向車廂的入口湧進。我站在月臺的一角，想等人少一點的時候才上去。這時候，汽笛突然嗚——地響了。

「老繆啊，快點上車！」王君從車窗口向我喊着。

「好，我就上來啦！」我答應着，連忙擠了上去。

我上車後，立刻用手摸摸我的口袋，上面的鈕釦已被解開，口袋變成「空空如也」的了。

「糟了，我的證件被人扒去了！」我的心涼了一下。

火車還沒有開動，我又回到月臺上找尋。

「我的證件遺失了，」我在月臺上來回走着，一邊自言自語似地高聲說：「它是摺成一捆放在我的前面衣袋裏，不見了……被……扒去了，……這裏面沒什麼錢，只是我的證件。別人拿了去，一文不值，不過是幾張無用的廢紙，可是，對我來說，這些證件是非常重要的啊！沒有它，我就要失業了。朋友，你切不可把它撕掉，或者丟在垃圾桶裏。請你把它放在明顯的地方，無論如何，你要設法……還給我，有我的名字寫在證件上的……。」旁邊的人們，只帶着好奇的眼光看看我，沒有一人問我話。

「你別傻，老獃在這裏有什麼用？火車要開走了！」王君從車廂的門口探出頭來，焦急地喊着。

火車開始慢慢地移動了，我只好跳上了車。

從上饒回到鉛山，我所感受的懊惱眞是無法形容。

「你爲什麼不登報找尋失物呢？」有人向我建議。

不錯，我也曾想到這一點。只是我那時在十三中鉛山分校教書，拿的是生活費，還不夠一家餬口。沒錢的時候，就把一個學生名叫徐克勤的找來，要她替我向出納借支錢，她是個很熱心活潑的女孩子，出納又是她的舅舅，每次我託她去借錢，沒有一次不成功的。在這樣「寅支卯糧」

的情況下，要我拿出一大筆錢（在當時算是一個大數目）來登報，怎麼可能呢？而且那些扒手們，我想，是不見得會看報的。

我在盼望有奇蹟出現。「合浦珠還」，我老想着這句吉祥的成語。我的那些證件，在我看來，比珍珠還寶貴呀！雖然沒有地址，但是證件上寫着我的姓名，總有一點線索，一線希望。一有空閒，或者看見什麼事物，我就會想到那些證件，我在心裏幻出許多的奇想：郵差忽然送來一封掛號信件，厚厚的，拆開一看，原來是我遺失了的證件，裏面還附了一張短箋；……有一位不速之客見訪，拿給我一包東西，說是我的證件，他輾轉打聽才知道我的地址，特地送了來的。……我陶醉在這些空想裏，一天復一天。

可是，一個月，兩個月過去了，一點消息也沒有。我開始有點失望了。

有一天下午，天氣和暖，大概是春天將盡的時節，我到郵局去寄一封掛信號，郵局裏靜寂得像古寺，一個郵務員坐在櫃臺後面。我把一封掛號信貼上了郵票遞給他，拍的一聲，他在郵票上加蓋了郵戳，然後寫收據，我看他寫到我的名字的時候，表情有點異樣，忽然我的靈機一動，想：莫非他曾在什麼地方看見過我這姓？……

「先生，」我大着膽問他：「你是不是在什麼地方看見過我這名字？因爲我這個姓很稀少：……特別……」

「嗯，這個姓……唸廖？……」他問，並不回答我，似乎在思索。

「我這姓——這個字有好幾個讀音，當姓用，唸妙。」我說明了一下，隨後又問道：「你有沒有在報上……或者招領失物啓事上……看到我的名字？……」

「哦，……好像在什麼……報上看見過，可是，忘了。」

「在什麼報上？哪一個月份？」我緊緊地追問。

「記不起來了，對不起。」他微微笑了一下。「是在報紙上。」

「是前線日報呢？或是東南日報？大概在哪一個月份？請你費神再想一想！」我幾乎懇求他似地說。

「呀，眞的記不得了，總在一兩個月前。」

鉛山是一個小地方，一般人家都沒有訂閱報紙的。學校裏旣沒有圖書室，連一份報紙也沒有。附近有一個民衆圖書館，應該有報紙可查。我連忙跑到那裏，管理員把我帶到裏面一間，指着兩堆報紙，說是前線日報和東南日報，讓我查閱。我把兩種報紙從二月到四月都翻遍了，有的已經撕破，查起來很費力，結果是查不到。只有東南日報二月二十五日缺了一天，沒法兒查。問那個管理員，他搖搖頭說不知道。

「該不會那麼巧的吧，就在那一天。」晚上回家，我的太太聽我說完查報紙的經過後，淡淡地說。

「可是我還不死心！」

「那麼，你爲什麼不寫信到報館去問呢？」她替我出了好主意。

果然四五天後，東南日報的回信來了，附了一張刊登服務欄「失物招領」的報紙（二月二十五日），上面說：一個教會裏的工友拾得繆天華君證件一包，須本人親自領取云云。

我立刻寫信給衢州方君，託他代辦，並且煩他領到了證件馬上以掛號寄給我。不久，方君把那包被扒去的證件寄回來了，他的信裏又說：那個工友聲明不受報酬。

這偶然的機緣，使我幸運地找回證件，那時我眞是開心極了，簡直樂昏了頭腦，竟忘了寫一封信向那位好心的工友道謝。到現在想起這事，還覺得耿耿於懷。

父親的逸事

——快心小品之二——

我只見過父親一面，印象已很模糊了，不久他就病逝於異國，那時我才五歲。

從家人的談話中，以及留下來的照片、日記、遺物等等，在我的心裏構成了一幅較明晰的父親的音容。他的個子不高，面長，皮膚黑黑的，目光烱烱有神，語音沉濁，是一個有毅力有野心的人。

關於他的事，叔父知道得最多。叔父是一個醫生，他替我診病，就摸我的肋骨，數數有多少對。「你父親的肋骨比一般人多一對，」他一邊數着，一邊對我說。「一共有十三對，這是很特別的。他在日本的時候，到醫院去看病，他們就用X光把它照了一張留下來。……你的肋骨呢，倒只有十二對。人體的構造你想多奇妙！」

「您以前初到日本的時候，是和我父親住在一起嗎？」另一天，我問叔父。

「不，」他輕輕地拍着我的肩膀，道：「他對我是很嚴的。他自己住在東京，却把我送到偏僻的鄉下，寄宿在一個日本人的家庭裏，和他們生活在一起，這樣不到幾個月，我就能說普通的日語了。他只留下他的地址給房東，替我付一切的費用，不給我一點零用錢，使我無法走動。他要我好好地準備考試，臨時有什麼事情，房東會寫信通知他的。每個月，他來看我一次。我是初次出國，人地生疏，自然只好聽他的管束了。」

「聽起來，似乎他是很能幹的？」

「嗯，他很會打算，」叔父蹙着眉頭，在追憶遙遠的往事：「有時候……他也可以說是很機智的。……」

我屏氣凝神在傾聽。叔父在房間裏走圈子，拉着他的指節答答作響。

「那一次假期裏，我到東京跟他住在一塊兒，」叔父忽然露出笑容道，「某君（也是中國人）到寓所裏聊天。他忽然問：『近來怎麼樣？』他用狡猾的眼光望了一下席子，又說：『夜裏睡得還好嗎？』你父親回答說：『好得很啊！』接着你父親就告訴他：昨天郵差送來一封欠資的信，是匿名的，他拒收，退回去了，他覺得很奇怪。『欠資信給退回了會怎麼樣呢？』某君問。你父親說：『日本的警察很厲害，雖然是匿名信，他們會根據筆跡去查究的，如果查到了，處罰得很重，甚至於要判刑。』你父親是學法律的，不會亂說，某君聽了很緊張，連忙說：『不瞞你說，這封信是我寄的，本來只是開開玩笑而已，不料出了亂子，……現在怎麼辦才好呢？』他顯得很焦急的樣子。你父親說：『我那時不知道是你寄的呀，所以拒收了。現在我倒想出一個補救的方法，可以解決。』『什麼方法？快說，快說！』某君連連地催問。你父親却慢慢地回答說：『只要我趕快到郵局去，付了欠資，把這封信領回來，不就得了？』某君立刻拿出錢來，交給了你父親。他們一同走到郵局門口，你父親從大門進去，却從邊門出來了，手裏拿了一包糖果，向某君揮了一揮說：『這是你請的客，謝謝！』……」

「退回的信怎麼可以再領出來呢？」我覺得不解，打岔問。

「你聽我說完，」叔父的興致更濃了，接着說下去：「原來那封信他已經收了，並沒有退回，是他故意嚇唬某君的。當時他付了欠資，心裏想：『這封匿名的欠資信，一定不會是封正經信，只不知道是哪一個頑皮鬼幹的惡作劇？……』他就在戶外把信封拆開，裏面是一個小紙包，打開紙包，却看見好幾個臭蟲，在紙上慢慢蠕動。他把紙包小心地再包好，投到火裏燒掉了。」

我看見叔父的臉上容光煥發，發出呵呵的笑聲，我心裏也暗暗欣幸自己曾有這樣一個聰明的父親。

記誦

——快心小品之三——

十多年前的一個夏天晚上，在回國學人羅君的寓所裏，我首次會見吳經熊先生，他那時正在撰寫英文「國父傳」。吃飯的時候，他竟不恥下問於我，使我萬分惶恐。

「我有一個問題，要向你請敎，」吳先生用他的健談的語調說。「古書裏……有幾句，是和孔子春秋有關的，我問臺大的教授，中央研究院的院士，都不知道。你是專門研究中國文學的，也許知道吧？」

「哦……」我不知道怎樣回答才好。心裏在想：連淵博的學者都不知道，難道我會知道？這次眞非丟醜不可了！……

「這句子很熟，……孔子說……諸侯用夷……則夷之，進……中國則中國之。……我很早以前念過的，現在原句已記不清楚了，只知道是和春秋有關的，可是查遍了春秋、左傳等書，都找不到。到底見於什麼書上呢？」他背出了上面的這兩句。

在這樣無可奈何的情形之下，我却鎮定下來了。我平時有一點經驗，查典故出處，常常失之太高太遠，而忽略了極普通淺近的書。我想起以前編成語典的時候，有一條「憂能傷人」的成語，怎麼也查不到出處。但我確實記得讀過的，而且下句是「此子不得永年矣」，只是記不起在哪本書上。經過再三思索之後，決定在小時候常讀的書上去找，結果在文選孔融上曹公「論盛孝章書」中找到了。「他既然是老早讀過的，也不外乎昭明文選、古文觀止、四書之類吧？我應該從這些書上面去想……」我在心裏提醒自己。

「是見於韓退之的原道篇。」我突然想到了，不覺衝口而出說。

「說得對！」他登時現出驚喜的顏色，若有所悟。「可是，你能確定是這篇原道的文章嗎？」

「這兒沒有書，無法查出。……我想有百分之九十的可能性是這篇文章，不過我還是作百分之十的保留。」

過了一會兒，吳先生半開玩笑似地向我的太太道：

「你的先生眞了不起！臺大的教授，中央研究院的院士都不知道，他竟知道！」

於是滿座的嘉賓都向我歡笑，投給我以欣羨的眼光。詩人余光中也在座，但他那晚不大說話。

我回到家裏，第一件事就是拿書本來查閱：果然沒有錯，——一翻開韓退之原道篇，在下面就看到那幾句：

「孔子之作春秋也，諸侯用夷禮則夷之，進於中國則中國之。」

（七十年十二月二日）

日出

「看日出或日落，還不是一樣的？」有人對我這樣說。這話我是不贊成的。落日是淒涼的，哀感的，漸趨黯淡的，衰頹的；朝日是燦爛的，愉樂的，漸趨光明的，蓬勃的。二者不可同日而語。住在都市裏的人們，尤其是像我這樣慣於遲睡的人，很少有機會看見日出。……

當車子在潮濕的黑暗中往山上開時，我的心裏浮動着上面的兩句話和這些感想。

下了車子，一羣黑魆魆的人影，向觀日樓爬上去。

在樓上喝了一杯牛奶，吃了一塊蛋糕，頗有溫暖舒適之感。樓中燈光柔和悅目，玻璃窗的外面仍然是一片黑暗。看手錶還只有六點零幾分，聽說七點左右才能看到日出。但是似乎聽到外面有雨聲。

「眞倒霉！」我自己在想：「好容易到了阿里山，竟看不見日出。」

窗外漸漸現出魚白，灰白，……我有點緊張，不聲不響地離開了同伴，戴上帽子，下樓到露臺上去了。

雨已經停止，寒風吹刮着，露臺上面有一羣羣的青年，瑟縮着，談笑着，在等待那輪血紅的旭日。有幾個坐在屋簷底下的石階上，身上蓋着一條長長的紅毯子。

「請問日出在哪一方向？」有三個青年坐在石欄上，我向其中一個探問，他戴着毛線打的風帽。

「就在這裏啊。」他指着灰色的天空較明亮處，高聲地答道。這一帶石欄前的樹木，都被砍伐短了，便於眺望。

「看樣子，今早會不會看見日出呢？」

「等着啊，……也許終於會出來的。……很難說。」

「你以前在這兒看到過日出嗎？」

「嗯，上次看到的，」他開心地笑着：「從對面的山陵裏，忽然躍出一輪血紅的大太陽，多壯麗！驚人！」

我跑到觀日樓前面右邊看那個掛着的牌子，上面寫着：「日出時間：七點零四分。」

我只好耐心等待，時時向東方望着。

灰色的雲霧依然是密密濛濛的，毫沒有散開的跡象。

東方的天空裏忽然似乎紅亮了一下，我心裏想：「該是太陽出來了吧？」再仔細一看，仍然是一片白茫茫的雲霧，不過較前明亮了一點而已。遠山，樹木，一切的景色，……都籠罩在迷霧裏，站在露臺上，簡直望不見什麼景物，只有一道石欄，顯現出濕漉漉的灰暗色，令人沉悶。回過頭來，「觀日樓」三個大金字，在黯淡的晨光中倒顯得特別觸目。

這時候已經是七點十分了，露臺上的人們的面貌已分辨得非常清楚了，人羣漸漸地散去，我也跟着他們走下露臺。

在車子裏，大家都不說話，有的現出頹喪的模樣。懷着好奇心而來，大失所望而歸，誰能坦然於心？

小交通車停在火車站，大家下車，又坐上往嘉義的火車。

在隆——隆，橐——橐的火車聲裏，我的身體顛簸着，思潮起伏着，又回到五六年以前的情景中了。

……夏天在福隆海濱。

同行的有張君，他是會游泳的。我們特別選定農曆十五晚上去那裏，住在海濱旅館，晚上看明月，早上看日出。

那夜的月色很好。海灘上有三五成羣的年輕人在活動，歡樂的歌聲四起。我靠在海邊一把椅子上，望月懷想。暑氣漸漸地消散，清涼的月光照着我的全身，眞有「月光如水」的感覺。

時已子夜，略覺疲倦，卽去旅館睡覺。鬧鐘聲驚醒了我，正是五點鐘。立刻起來，準備去看日出，夏天的日出時間早得多。

在微茫中，我急急忙忙地向浮橋上走，有兩條小黑狗在我的前面跑，有時候在後面跟，彷彿對我很親善。

東邊，現出魚肚白的顏色，海水呈灰色，微波汩汩地鼓動。頃刻，變得更明亮了，一捲捲的薄霧在港灣上飄，一隻隻的漁船正出海，慢慢地從浮橋旁經過，向大海駛去。

魚白色變成了紅色，遠空是明朗的，有幾片雲霞襯托着。太陽露出了一角，但又似乎沉下去了，然後突然一跳，一輪深紅色的太陽（比平時大許多）懸掛在海波之上。海水洶湧着，反射出萬道光芒，絢爛奪目。

霧消散盡，萬物呈露新生的氣象，我站在浮橋上，也抱了無窮的希望。……

「北門站到了！」聽到有人大聲嚷着。

我的「白日夢」被叫醒了，探頭向火車外面看，只見一片淩亂的甘蔗田，慢慢向後面移動，高山已經望不見一點蹤影了。

「現在春天多雨，只好等秋夏間天氣好的時候再來看日出吧。」我聊且安慰自己。

（自阿里山歸來，寫此以示朋友。六十三年一月三十日）

清心

古人說：「心清時少，亂時常多。」

誰沒有心思煩亂的時候？這是免不了的情形。憂能傷人，難道你不在乎？我想每天應該有一個心思清明的時刻，寬鬆一下，讓你的心得到休息、滋養，這是一帖清涼劑，受益無窮。

我的叔父是一個醫生，每天黎明之前他就起來，坐在案旁思索難解決的問題，或查核病歷表，翻翻醫書，決定怎樣治療他所診治的病人。他常常說：「這個時候我最清醒，我要趁這時候來處理比較重要的事情；晚上我要喝酒，不看病，下下棋倒可以。」別的時候，如果那件事一時處理不了，他會說：「寫下來，放在我的案頭，等我明早想想。」

清早起來，趁心思平靜的時候，做一些重要的事，這不失爲一種好辦法。最好是能夠減少心亂的時候，增加心清的時間。可是啊，這事情說說容易，做起來却難了。

寒山子的詩云：

「任運遯林泉，棲遲觀自在。巖中人不到，白雲常靉靆。細草作臥褥，青天為被蓋。快活枕石頭，天地任變改。」

「有一餐霞子，其居諱俗遊。論時實蕭爽，在夏亦如秋。幽澗常瀝瀝，高松風颼颼。其中半日坐，忘卻百年愁。」

寒山是一個得道的和尚，隱居於天台山的寒巖，他仰望青天白雲，傾聽泉聲松風，自然能達到無煩惱的止水般的境界；但是我們俗人就不同了，身在競爭名利的紅塵中，紛紛擾擾，哪裏有片刻的安寧？所以這就事在人爲了。

如何才使你的心清靜呢？我認爲會因人、因時、因地而不同，不可一概而論。所謂「心遠地自偏」，只要能夠讓你的心清靜下來，開朗起來，就好了，不管用什麼方法，任何手段。

像修苦行者以「絕食」「坐關」達到清心寡慾，我們是做不到的，但是還有許多別的辦法，如優美的音樂，奇麗的圖畫，佳勝的景物，絕妙的詩文，朋友的善言，令人噴飯的笑話，安閒的散步，無罣礙的靜坐，甚至於一杯濃茶或咖啡，一枝煙，……有時都能使你的心情清靜寬舒一下。

我有一個親戚，有潔癖，每逢做什麼事情，他總要先整理好房間、檯子，然後坐下來專心工作。「在亂七八糟的環境裏，我絕對沒法好好地工作啊。」他這樣的話，我聽了不知多少次了。像他這樣，在工作之前，先把心清一清，工作自然可以做得好一點。因爲一個人當心清時，眼睛看得最明白，耳朵聽得最清晰，心思特別靈敏，他可以想得出平時想不出來的東西，做出平時做不到的成果。若在心亂時，正好相反，思路一阻塞，什麼都完蛋了。難怪有些考生，在極度的緊張之下，腦裏變成一片空白，一個字也寫不出來了。

上星期有一個傍晚，我獨自到了陽明山。我在陽明瀑一帶的幽谷裏逗留着。細小的瀑布從危巖上滑下來，落到淺潭裏，發出微弱嗚咽的聲息。岩壁上刻着溥心畬題的「大屯瀑」三個字，紅色的字體在暮靄中看來却頗黯淡。四周長滿了茂密的草樹，瀰漫着陰沉昏暗，看不到一個人，只偶然聽到一兩聲的鳥鳴。我覺得這個環境太淒清了，就離開了這幽谷。

我拾着石級上去，到了雙松亭附近的一個露臺上，那兒比較開曠，可以遠望西邊迷人的晚霞。我在石凳上坐着，靜靜地領略着這一切。霞光漸滅，暮色漸漸濃起來，下面的河流、小丘、田野，更遠的海峽，逐漸模糊起來。忽然晚風吹來，樹葉簌簌地作響，飄落了幾片葉子。背後的山頂上，有數片深灰色的雲，距離很近，似乎就在頭頂，被風吹刮着，向西邊輕快移動，頃刻間變幻不定。這時候我感覺到自然的偉大，天地的悠久，而人的一生，是多麼短促、渺小，因此凡事當及時；世間的那些營營攘攘毫末之爭，是多麼的無謂，無足輕重。……我再向山下看時，有幾處燈火閃動着，一會兒，像熒熒的星星似的，變成了繁多璀璨。

我從陽明山回來，第二天覺得精神百倍，委靡的心思拋得遠遠的……才相信半日的清遊，短暫的沉思，眞有莊子所謂「無用之用」呢。

偶成

空閒無一事，煩惱就會乘虛而來。

在這樣的時候，不妨拿起筆來寫，寫吧。何必顧忌太多呢？發於內心的，出於眞情的，像一團火，一縷煙，一陣風，一場雨，……把這些移到紙上，傳給別人。寫作也是一種慰藉啊，寂寞中有了安慰，空虛中有了著落。

就這樣，在寂寞之中，我拿起筆，陸陸續續地寫下去，不拘體裁，有話就說，意盡卽止。

性急和性慢

人有性急和性慢的兩種，性急的人比較多，性慢的比較少，急性和慢性的有時候差別很大。

清代獨逸窩退士編的「笑笑錄」有一則云：

「有徐行雨中者，人或遲之，答曰：『前途亦雨。』」

性慢的人，卽使在大雨之中，沒有雨傘，一點也不急，讓雨淋濕了全身，仍然慢慢地走着。

世間這樣的人，並不是沒有。

固然操之過急，往往會欲速不達；可是失之太慢，也會誤事的。而一般人的通病則又在：當快的事，偏慢吞吞地延宕；當慢的事，却急如星火。

韓非子觀行篇說：

「西門豹之性急，故佩韋以自緩；董安于之性緩，故佩弦以自急。」

韋是寬緩的皮繩，弦是緊急的弓弦，古人常佩掛着以自警惕，時時改正自己的缺點。這是性急或性慢的人調性的好辦法。

我做事不快，最怕動筆，而且不習慣一揮而就完成一篇稿子，自知不適宜在報館裏工作。可是因爲偶然的機會，却暫時兼任某報的副刊主編。

先是協助朋友編，不料那位好友突然患急病去世了，那時候我眞是進退維谷，欲罷不能，只好獨力支持一個時期再說。

那家報館一直虧空，稿費發不出來，編輯費原來是每月兩千元，我自動減爲一千元，還仍舊拖欠着。我約了兩個學生來幫忙，發了錢時就分一點給她們，一星期她們也不過來幾趟而已。

編輯的工作很繁瑣：要看稿、改稿、拉稿、退稿、覆信……。「方塊」的文章尤其急迫，傷透腦筋。每天寄來的稿件，多的時候約有五十餘件，要寫或覆的信也不少。於是我就細細地想一下：如何方能做到迅速而不至於出亂子？我平時收到一封信，總要拖一兩個禮拜才回覆；但是一個編輯却不能這樣。我決定不管什麼事，一律用明信片，首尾客套可免則免，寥寥幾句，把要答覆的話說明白了卽可。信到當天卽覆，這樣在五分鐘之內，約可寫三張明信片，又可節省貼郵票封信封之勞。其餘的事項都以簡單爲主，痲煩的事放在最後才做。

我又嘗試着以一二小時的速率寫成一篇「備用方塊」（沒有時間性的），不用再謄稿，當約定的「方塊」不來時，可以拿出來代用。

這樣編了一年零六個月，直到那家報館將要關門大吉時才辭掉編務。這一年零六月的經驗，使我學到凡事可快可慢，要看情形而定，而應快者就須趕快做，不可拖泥帶水，應仔細者亦須慢慢做，不得粗心大意。這個忙碌緊張的經驗，治癒了我的懶散鬆懈的積習。

買書・借書・藏書

偶然可在舊書攤上找到所喜愛的，或者買不到的書，歡喜萬分，可是往往會缺了幾頁，買的時候多半沒有注意到。

夏丏尊在一篇「我之於書」短文裏說：「書籍到了我的手裏以後，我的習慣是先看序文，次看目錄。頁數不多的往往立刻通讀，篇幅大的，衹把正文任擇一二章節略加翻閱，就插在書架上。……甚麼時候再去讀再去翻，連我自己也無把握。……」我想很多人都會有這樣的情形。除了工具參考書外，買了插在書架上，任灰塵蒙汚，蟑螂蠹魚齧噬，其實有什麼意義呢？

借來的書，尤其是罕見的，反而能夠及早看完。例如當我借到拍案驚奇（未加删節本，香港出版）、肉蒲團（日本版）、回想錄等書時，都是迅速而且仔細地看完的。肉蒲團共二十回，我那時因急於看完還給友人，看的時候不依照次序，挑選着看，最後把未看的幾回補看完畢。這部小說據說是李笠翁（漁）作的。從筆調看來，喜歡發新奇的議論，又多內行話，眞像是他所寫的。而且這小說的結構極像戲劇，更是一項證據。不過描寫還嫌太簡略一點，作者似乎要一口氣急速寫完成的。

借書的缺點是：書上不能作記號，將來需要引用時沒法查考，要再看的時候也不方便。

無意中獲得一本好書，喜不自勝。有時失掉一本買不到的書，心痛有如刀割。說到我的藏書，實在寒傖，除了一部線裝的孫詒讓札迻家刻本算是珍本外，其餘的都是極普通的本子，因爲有的書目前買不到，就不免有「敝帚自珍」的意味。

五雜俎事部云：

「金華虞參政家，藏書數萬卷，貯之一樓，在池中央，小木爲彴，夜則去之。榜其門曰：『樓不延客，書不借人。』」

我把「書不借人」四個字寫在比較罕見的書的扉頁上，對一般的借書者而言，有一點效果，可是那些黑心人，還是依然會久假不歸的。

我有兩本值得紀念的書，一直到現在還插在我的書架上：一本是周美詞，另一本是創作辭典。前一本是一個同學送我的。民國二十一年一二八事件，日軍佔領吳淞，同學趙君冒險進去，運回他自己的書籍，在壕溝裏拾到一本周美詞，後來送給了我。周美成、姜白石的詞我所以記得比較多，也就因爲有了這本書的緣故。後一本是在江西避難的路上撿到的。我本來是想丟掉自己的幾本書，以減輕行李，結果不但自己的書捨不得丟（丟下去又撿回來），反而在路邊又撿來一本別人丟掉的書。這本書雖然用處不大，但因爲全是從許多外國名著中節譯來的片段描寫，偶然翻翻，也不無益處。

就事論事

雖然事業上需要革新，而且有遠大的計畫，但是在日常生活中，就事論事，亦不失爲一種輕易可行的良法。

浮生六記卷二閒情記趣末尾說：

「貧士起居服食，以及器皿房舍，宜省儉而雅潔。省儉之法，曰『就事論事』。余愛小飲，不喜多菜。芸爲置一梅花盒，用二寸白磁深碟六隻，中置一隻，外置五隻，用灰漆就，其形如梅花。……。一盒六色，二三知己可以隨意取食。食完再添。……卽食物省儉之一端也。……夏月樓下去窗，無欄干，覺空洞無遮攔。芸曰，『用竹數根黝黑色，一竪一橫留出走路。截半簾搭在橫竹上，垂至地，高與桌齊。中竪短竹四根，用麻線扎定，然後于橫竹搭簾處，尋舊黑布條，連橫竹裹縫之。既可遮攔飾觀，又不費錢。』此就事論事之一法也。以此推之，古人所謂竹頭木屑皆有用，良有以也。」

沈三白夫婦雖然窮困潦倒，他們都懂得怎樣生活，他們過的是清苦的生涯，却有無窮的情趣，「怡然自得」的快樂。他們知道如何在不浪費的條件之下，安排他們「瓶花不絕」閒適雅潔的生活。閒情記趣一篇裏頭，所記述的全是這些瑣事。窮人自有窮中樂，跟富人們的奢侈荒淫的麻醉迥然不同。這是平凡的，眞實的，舒適的生活，是值得我們企羨追求的生活，而不是可望不可卽的空中樓閣。

李笠翁的閒情偶寄卷之八居室部有一段說：

「衣貴夏涼冬燠，房舍亦然。堂高數仞，壯則壯矣，然宜于夏而不宜于冬。……處士之廬，難免卑隘，然卑者不能聳之使高，隘者不能擴之使廣，而汚穢者，充塞者，則能去之使淨，淨則卑者高，而隘者廣矣。吾貧賤一生，播遷流離，不一其處，雖債而食，賃而居，總未嘗稍汚其座。……」

這是笠翁的居貧哲學之一斑。房子何必要富麗堂皇？所謂「室雅何須大？花香不在多。」這才算是能夠了解貧士生涯的佳妙處。居室最忌髒亂，堆滿廢物，使人有不能安身的感覺。或者每逢下雨就漏水，冬天門縫通風，夏天西曬燠熱，蒼蠅蚊蚋麕集，都是不能安居的。又住宅須視一家的人口多少，什麼職業，各人的需要等等而定，不可一概而論。總之，生活的方式，應該隨環境而改變。你在都市可以住公寓高樓，如果在深山荒村，你也只好住在茅屋裏。「彼一時也，此一時也。」時間不同，情形也就不同了。只知道墨守鐵則，一成不變的，這叫做拘泥、冬烘、頑固。

我最佩服一篇極平常而受益無窮的文章，題目是：

「大步走驅百病」（讀者文摘一九七二年三月號）

一個人需要運動，鍛鍊身體，這是盡人皆知的道理。問題是在實行上的種種困難，談何容易。要做運動，你有沒有時間？有沒有興致？有沒有適合的地點？有沒有適合的運動可做？……比方說早起去爬山，這原是很簡便的運動，可是早上有工作而夜裏又不能早睡的人，就無法做到了。這篇文章的價值是在提出極容易實行的方法，這也是「就事論事」的一個實例。現在把它的要點錄幾句於下：

「醫生一致認爲快步走路確實有益。不光是走路，而是快步走。……大步走，每人都有自己的速度，天天作一次長的或幾次短的步行，就可以走許多路，既省時間，又不費力氣。……一個成年人悶悶不樂而沒有別的毛病，只要肯每天走八公里路，就比吃什麼良藥或受心理治療都強。……快步走路運動的好處，是用不着訂下時間表，也不必改變日常的生活。有事情須要到幾條街口外的地方跑一趟，輕輕快快地走着去好了。從車站到寫字間那一段短短的路，一樣可以走，踏着大步走，別慢吞吞的。這就等於每天做了有益的運動。……」

野心大的人也許會不喜歡這種平凡的理論，可是光是唱高調，說空話，有什麼用呢？不如脚踏實地。走路，我是常走的，但走得慢；我常作較長的散步，近的地方却懶得走動；爬樓梯，就想到「但覺新來懶上樓」的警句，最好少爬。自從看了這篇文章以後，我的脚步變快了，變勤了；朋友託我帶東西給什麼人，我極願意效勞；到巷口雜貨店裏買東西，也不推辭；上樓梯，如今覺得頗有興趣。一天雖然走不到八公里，長長短短湊起來有五、六公里路也可以了。這是輕而易舉的運動，而於身體的益處却很大。

朋友們，如果能夠依此類推，日常起居行動（不是全部，須看情形而定，）從容易而有益處做起，自然可收到事半功倍的效果，那麼你的生活將會改善，樂趣也會增加了。

看鳥在空中飛

忙碌的時候，特別珍惜、盼望閒散的日子。當你待做的工作堆積如山，壓得喘不過氣來，當你事情不順利，眼前荆棘重重，你得披荆斬棘去衝破它，當你在囂雜的環境裏跟着人家團團轉，日不暇給，這時如果想起那些空閒自由的生活，你眞會覺得今昔不啻霄壤之別，覺得有良時不再至的惋歎。

一連串暗淡潮濕的壞天氣，一大堆緊張煩累的俗務，把我弄得沒精打彩，毫無生趣；那天，恰好遇到清明節日，放假一天，下午，和朋友三個人，臨時決定到泰山走走。天色陰沉，又是清明時節，難保不下雨，爲的怕淋雨，我帶了傘出去。

我站在墓園旁邊的山坡上，遠望河流田野，叢林屋舍。灰色的雲低垂着，天空的一角微露光亮，欲晴不晴，欲雨又不雨，遠處的景物，被一層薄霧所遮隔，一片迷迷濛濛的，像一幅水墨畫。忽然看見一羣鳥在空中飛翔，是附近人家所飼養的鴿子。牠們在空中徐飛、盤旋，一隻帶隊，其餘的隨從着，似乎很舒適。看着鳥兒在頭頂飛行的情景，使我非常開心，把許多天來的苦悶都一掃而淨了。

「鳥兒在空中飛，自由自在，輕鬆舒適，」我忍不住把心裏想的說了出來。「我們的生活方式，如果能像牠們一樣的，無拘無束，多好！」

「眞傻！我們乘飛機，不是像飛鳥一樣的舒服嗎？」一個朋友笑着給我當頭棒喝。

儘管朋友這麼說，我還是羨慕飛鳥的海闊天空的翺翔。我從泰山回來後，心境一直是平靜愉快，彷彿這佳妙的景象給了我感染和啓示。

我又想起過去的閒散的日子，但是，太閒散了，又不免流於空洞。

我覺得忙和閒，不可失之太偏，兩者應該互相調劑。就像山嶽和河流，白天和夜晚，晴天和下雨，盈滿和空虛……的關係一樣，二者不可或缺。

現在且讓我回顧許多年前一段閒散的生活，——或者可以說是遊蕩的生活吧。

我那時在西樓隱居，名義上是自修，實際是無所事事。這座樓共有三間，我住在南邊及當中的兩間。西窗下面有一株桂樹，向牆外看是一片碧綠的平疇。南窗外是人家的屋瓦，零零落落，很不整齊。東面是自家的院子，再過去便是東樓以及樓外隱隱的樹梢。

我一向不大用功，每天只是隨便翻翻幾本書，寫一張字，字也寫不好。可是，却有許多的遐思空想，又有斬不斷的無謂的煩惱。夏日南風的習習，秋天桂花的芬芳，早晨雲霞的燦爛，晚上皓月的清光，都會引起一陣喜悅，有時又無端地招來一些感慨。我在樓上厭煩了，就從樓上走到樓下，又從房裏走到庭院中，或從厨房走到後園裏，於是又上了樓，如此上上下下，一天之中不知有多少次。

我的母親時常到外婆家去，留下一個老頭子阿芬伯照料我的三餐。他是一個急性子的人，還不到十一點，就聽到他在樓下的叫聲了。

「阿華啊，下來，吃中飯！」他的聲音像一口破鐘。

我沒有答應。

「吃飯啦，下來呀！」相隔不到半分鐘，他又在叫了。

「太早，我還不想吃！」我大聲地喊。

過了一會兒，叫聲又來了：

「吃飯啦，菜都冷了，……快下來呀！」

晚飯的時候，也是如此。每天都是這樣地催我吃飯，而且時間逐漸在提早。這小小的插曲，給我印象很深，我的眼前還隱約地現出長滿絡腮鬍子的阿芬伯的影子，張開嘴在大聲叫喊。

這樣鬆懈而單調的生活，我非但沒有什麼收穫，也得不到快樂。

偉大的田園詩人說：

「晨出肆微勤，日入負耒還。

山中饒霜露，風氣亦先寒。

田家豈不苦？弗獲辭此難。
四體誠乃疲，庶無異患干。
盥濯息簷下，斗酒散襟顏。
……
但願長如此，躬耕非所歎。」

這是大詩人對於生活眞實的體驗，這正是他的偉大處，也是可愛處。勞力或勞心的孜孜工作，是調節閒散空虛的生活的最好藥石，它使得生活變充實，生命有意義。——可惜這一點我當時不知道。而忙亂的生活，又需有短暫的輕鬆舒散，常常保持看鳥在空中飛這種心境來調和，纔能使你的精神更飽滿，生趣更盎然，而不致因過度的緊張影響到你的健康。

所思

日前家裏跑掉了一隻狗，不免思念不已，因此連帶地想到祖父養狗的往事，也就更加思念這位留鬍子下巴長長的和藹的老人。這個聯想，似乎有一點不敬之嫌，但是在我的內心，對他的敬愛追念，從未間斷，最近的事件，只不過鈎起了片段的回憶，自信是出乎誠敬的，所以特地先在這裏聲明一下，免得見責於嚴正的君子。

祖父養了一隻純黑的小獅子狗，取名阿喜。他常常在蔦蘿棚下替阿喜洗澡，或者細心地捉蝨子，阿喜就不住地搖着尾巴。

不料有一個夜裏，聽得院子牆下的狗洞口有竹竿的聲響，第二天清早起來，阿喜已經失蹤了。到處找尋，怎麼也找不着，祖父念念不忘這隻狗，家裏的人們也都爲他憂心。

過了幾個月，突然一天有個親戚來，帶了一隻狗，說是失蹤的狗被他找到了，是在路上攔到的。

「阿喜！阿喜！」我們一齊歡呼着。

可是牠只茫然地對我們看，並不撲過來，似乎忘了我們。論樣子，毛色大小，牠跟阿喜簡直是一模一樣的。

「我想牠不是那條阿喜，性情不大相同，似乎稍爲暴躁一點。」祖父撫摸着牠，懷疑地說，牠叫了一聲，跳開去了。

「慰情聊勝無」，從此這隻狗就頂替了阿喜，享受着牠的一切「待遇」，長留在我們的家裏。……

祖父的興趣是多方面的：音樂、美術、工藝、釣魚、花木……，甚至於對兒童的玩具，也很有趣味。

「要是我現在還年輕啊，我一定要到藝術學校去念書。」他好幾次感慨似的對人說。

在我家的樓上他有一間工作室，平時板門緊鎖着，我曾經跟他到了裏面，那裏陳列着鋸、鉋、鎚、鑿、鉗子、鑽子……五花八門的工具。他一看見有什麼家具壞了，就拿到工作室裏修理，他是很勤勞的。

「糟蹋東西，」他一面歎息着，「多可惜！」

有時候他也做一件藝術品，譬如一個裝信的「信插」，塗上黑色的油漆，還畫了精緻的黃白紅等色的花鳥。做成後，掛在壁上放置新近寄來的信件，既切實用，又美觀。他的案頭雖然放着不少的什物，却是一絲不亂，硯臺怎麼放，筆架怎麼擺，鎮紙擱那兒，印泥放何處，都有一定的位置。在綠窗下面，他寫信時微歪着頭執筆凝思的神情，到現在還歷歷如在眼前。

他特別好客，座上常常是滿滿的，各色人物都有，煙茶招待不停。偶然空閒着，他會覺得無聊，就用手指敲着椅的扶手，嘴裏哼着什麼調兒，或是吹着那枝深褐色古老的洞簫，簫聲是那麼悠揚動聽，可以把人的煩惱一掃而空。

西北角有一座四面開窗的高樓，是祖父自己設計而建築起來的，前面懸着一塊匾額，叫做「得月樓」。樓上掛滿了書畫鏡框兒，窗明几淨，祖父每天必定親自上去打掃一次。

從樓的南北兩面望出去，都是魚鱗似的一片屋瓦，沒有什麼可看的。東西兩面，眼界比較開朗，東邊有一株大樸樹，一條小河靜靜地流過，對岸是田野，田野外是一個村莊；西邊是菜園、稻田、石子路、小橋、遠山，傍晚可以看落日。這個樓因爲四面受到太陽晒，夏天白天裏並不涼快，一到夜晚是很舒適的，尤其是宜於眺望初出的明月，古人有詩說：「近水樓臺先得月」，樓名大概卽由這句詩而來的。

當颶風光臨時，得月樓首當其衝，在狂風中猛烈地搖動，這可把祖父急壞了。

「樓要坍倒了！」他緊張地喊着，「非要上去打開窗子不可。」

「危險！」家裏的人要阻止他，「千萬別上去……。」

他終於不顧家人的勸阻，冒險爬上樓把四面的窗都打開了。打開窗子後，狂風從樓中窗戶間刮過去，減輕了一些風勢，危樓竟支持得住，沒有被刮倒。

上文說到祖父好客，這裏且把這些客人們敍述一下。客分三類。第一類是常客，每天必到的。總是在吃飽的時間來的，坐在飯廳裏的椅子上，好像是準備參加飽後的閒談。一個是桃弟公，光頭的；另一個是阿普哥，留着花白的長鬍子。年紀雖大，輩分却很低，所以我們都這樣稱呼他。還有一個我們叫他「表伯」的，笑時露出一顆金牙齒，每天來總要報告一些新奇的消息，而且他的消息都要打一個大大折扣，人們背後叫他「百句三」。此外還有幾個，印象不深，連名字也記不起了。

第二類是普通的客人，每家都有的，不妨從略。

第三類是爲了請求「排難解紛」而來的。這類的客人來常是一大羣，久坐不肯走的，多半是爲了芝麻大的事而鬧糾紛，弄得不可收拾，而來訴苦的。

例如某甲先來，說某乙如何如何壞。

「他這個混蛋！」某甲開口就罵，「天底下沒有見過這樣的壞人。昨天爲了找尋一隻小雞，竟先動手打我的小孩子，被他打得頭破血流……。」

「那麼，……你？……」祖父問他。

「你想哪個男子漢會受得了？他媽的！……」

「你們是鄰居，」祖父勸他道，「結什麼寃仇！古語不是說！大事化小，小事化無？」

某甲去了不久，某乙就來了。

「放他媽的狗屁！」某乙等不住祖父說完話，就暴躁如雷插嘴道，「您知道他做了什麼缺德的事？哼，他拿了滿桶的糞，倒在我家的竈上，臭氣沖天！……」

「唉，該死！……」

為了息事寧人，小事化無起見，最後是某甲送某乙一串鞭炮，（某甲不知道，）算是陪罪，某乙也送某甲一串鞭炮，（某乙不知道，）表示道歉。買鞭炮的錢，當然由祖父代出。……

祖父對什麼人都是誠懇的，不分貧富，他把人們看作好人，沒有嫌惡的心，因此人們也都喜歡他。

提起祖父，一個自覺慚愧的思想常常會在我的心頭浮着：他的對人那種一視同仁，寬厚和善的胸襟，我能夠學到萬分之一嗎？

酒酣之言

我在小學裏有一位算術老師，似乎姓陳，已經忘記了他的名字，很會說笑話。他是一個很嚴厲的教師，每當他叫學生走上去在黑板上演習算題，倘若演不出來時，他就要給那個學生吃幾個「栗暴」（屈指作栗子形以擊人的頭額，這是比打耳光輕而簡便的責罰），然後叫他面壁站立。當那個可憐的學生站在壁角低聲哭泣的時候，他總要講一二則笑話給我們聽，使得嚴肅的氣氛能夠變輕鬆一點。可是他講完了笑話，却沒有一個人笑，——是不敢笑，生怕笑出聲來，被老師注意到，叫他走上去演算題，那就糟了。我對他的許多的笑話，一個也沒有聽進，雖然我相信一定是很有趣的，只是當時心情太緊張，太害怕了，無心聽笑話。我想他如果先說笑話，再叫我們演算題，那麼卽使算術沒學好，他的笑話我總能夠記得幾個了，這樣糟蹋了很好的笑話，現在想起來覺得可惜，這是那位嚴厲而幽默的老師所意料不到的吧。或者他要是不給學生可怕的體罰，只在習題演不出來時，除了講解勉勵的話外，再講一些笑話輕鬆輕鬆，這效果我想要好得多吧。

我的伯父雖然是一個脾氣不好的人，我們不敢親近他，可是他在酒酣耳熱之際，總愛滔滔不絕地講話，親切地拉住我的手，不讓我跑開。他的酒酣之言是多方面的：有破口罵人的，有發牢騷的，有自吹自擂的，有海闊天空的，有令人警惕的，有頑固不化的，……也有解人頤的故事笑話。那些令人掩耳不喜的迂腐之論，有如東風吹馬耳，我當時是絲毫無動於中，時過境遷，現在早已淡忘了；至於那些中聽的，却留下了深刻的印象。

「一個人到了四、五十歲才知道悔過，未免太晚了！」這兩句話，時常在我的耳邊響着。他排行第二，我們叫他「二伯」。但是我們從來未看見過大伯，大概他早已去世了。二伯最愛喝酒，常常獨自個喝，手裏拿着一個小小的瓷杯，一小口一小口地喝。沒有菜的時候，就以花生下酒，一面剝着花生殼，去掉花生米上一層薄薄的紅皮，一粒一粒地吃着。如果有螃蟹或火腿下酒，那就算是罕有的佳肴了。吃螃蟹時他也是慢慢地剝着殼。至於火腿，是切下一大塊放在盤子裏，臨時用小刀切下一兩片，隨切隨吃。「切下來太久，味就不同了。」他對我這樣說明着。他對於飲食之道，是很講究的。

他的個子很小，兩邊嘴角留着兩撇八字鬍，他不時以手指捋着。他似乎對自己的相貌很自負。「某某太俗氣。」「某某太寒酸。」「某某是暴發戶，土頭土腦，俗不可耐。」「某太太雖美，可惜沒有風韻。」「某某很秀氣，走路後跟不着地，恐非壽者相。」……對別人，他有好多的吹毛求疵的批評。

「有人專喜歡走逆境，也是成功之一法。」他喝完酒，左手端着水煙袋，右手拿着紙媒兒，說了兩句，用嘴吹紙媒兒，紙媒兒吹著了，咯咯咯地吸了幾口水煙，又繼續說道：「逆水行舟，不進則退，自然非力爭上游不可。你好好地記住這兩句詩：『若非一番寒徹骨，焉得梅花撲鼻香？』這『寒徹骨』就是逆境，這是一種嚴格的磨鍊啊。……然而走順境你就安逸，走逆境却艱苦，如果想要一帆風順的話，不如走順境。」

他對我很不放心，認爲是危險分子，不大安分，頗存戒心。

他們的房子在東邊，我家在西邊上。他的書房在後面東廂。他閒空的時候就靠在籐椅看報，不戴眼鏡。這些報紙是從上海寄來的，每隔數天寄來一批。有時我也向他借看。報紙有兩種：一種是「申報」，另一種是「新聞報」。

他的屋子裏布置得很樸素，幾件簡單的家具，倒也清潔。紙窗是每年都要糊過一次，用白色的連史紙糊。對聯常是自己寫的，肥粗的字體，和他的身材成反比例；偶然也請別人寫，寫的人多半是書法名家。客廳裏有兩副楹聯，一副是：

「剛日讀經，柔日讀史；
十年樹木，百年樹人。」

另一副的句子很美：

「春來天上原無跡，
雨到人間方有聲。」

上面有一個小小的匾額，寫着「樸廬」兩個字。這是因爲屋後臨河有一株大樸樹而得名的。樸樹的樹幹高大，葉子小，看來比榕樹乾淨爽朗，綠蔭遮蔽着屋角，在夏天是很涼快的。「樸廬」的另一個含意是能以樸素持家。伯父不喜歡養狗、養鳥這類的事，只偶然種一些花。「聲色犬馬之好，都不是正當的娛樂。」他舉起杯，呷了一口，用低沉的語調宣揚他的主張。「鳥身自爲主，與其把牠關在籠裏欣賞，不如放牠在枝頭，或空中，讓牠跳躍飛鳴，無拘無束，自由自在！」

他敎堂姊們左傳和孟子，要她們抄書並且背誦。我沒有參加讀，只在經過門口的時候停下腳步來聽聽。「……蔓草猶不可除，況君之寵弟乎？……多行不義，必自斃！……」他搖頭晃腦拉長聲音誦讀着，接着講解道：「強梁者不得好死，你看，世上那些惡人，那個有善終的？小人們無惡不作，天理昭昭，到頭來沒有不遭殃的。」

他自己寫信滿紙累牘不休，却敎人寫文章要簡潔。

「現在一般人寫的文章，簡直是糟蹋紙張！」他斟滿一小杯的酒，剝出一粒花生米，看了我一眼，說。「有一年的端午節，鄉下人划龍舟，要在城裏定製一個鼓。鼓皮要蒙得極好：晴天勿太緊，以致鼓聲太尖；雨天勿太鬆，以致鼓聲太低。他們去找塾師代寫一張便條，要把這個意思寫下來，帶給定製的鼓店。塾師吮着筆，一時寫不出來。鄉下人急了，因爲到城裏去的船就要開，等不及了，催塾師快寫。塾師把筆一擲，發怒道：『寫信哪有那麼容易的？』旁邊有一個牧童却插嘴道：『我能寫。』遞筆給他，他寫了四個字，是：『晴雨同聲。』你想想，這四個字多麼簡單而明瞭呀！」

「這牧童眞聰明，勝過塾師。」我說。

「不錯。寫文章最忌囉囉唆唆，拖泥帶水，不知所云，像舊時姑娘的裹脚布似的，又長又臭！如果讓她們編歷史，寫一萬卷也寫不完呢。……不過，話又要說回來，像你寫的信，又嫌太簡略了。」他緊緊地握住我的手，他的手有點燙。「寫家書須像日記體，把每日的生活詳詳細細地寫着，事無不可對人言，這樣，使父母在家就放心了。例如曾國藩的家書，可以說是很詳盡的了。你寫的家書，寥寥數行，……等於拍電報！」

一個冬天的晚上，他在喝酒，我經過那裏，他叫住我，要我坐下來。他的容光煥發，面色微紅，酒興正濃。他讓我吃幾顆花生，還講有關紀曉嵐（昀）的逸事給我聽。

「紀曉嵐先生，是北方人，博通羣書，記憶力過人。」他說着，一邊用手指不住地捻着他的八字鬍。「乾隆皇帝要編四庫全書，叫紀曉嵐任總編纂。這是一部大叢書，分經、史、子、集四部，除大內的秘本藏書外，又徵求海內許多的珍本，加以編選繕錄，這工作相當的繁重。紀曉嵐是個胖子，夏天四庫館裏熱得不堪，汗流浹背，他只好打赤膊坐着編書。不料有一天乾隆皇帝突然進來，他來不及穿衣服，連忙躲在床底下去，乾隆皇帝看看房裏沒人，就轉身出去了。紀曉嵐從床底下探頭出來，問門口的太監道：『老頭子去了沒有？』乾隆皇帝剛剛走出房門口，聽到人家叫他老頭子，心裏頗不高興，就回轉身來說：『老頭子是什麼意思啊？』紀曉嵐很尷尬，在床底下回答道：『請皇上迴避片刻，容臣穿好衣服後奏對。』他穿好了衣服，就出來跪着奏道：『老者，天下之大老也；頭者，元首也；子者，天子也。』乾隆皇帝聽了笑笑，竟沒有辦他的罪。……」

「哈，哈，哈！……」我不禁大笑着。

「還有一件紀曉嵐的趣事。」他喝乾半杯酒，潤潤喉嚨道：「乾隆皇帝在丁祭那天總要到孔廟去祭祀，慣例要派名流學者讀祝文，紀曉嵐常被派去擔任這個差使。你知道紀某爲人，滑稽傲慢，不拘小節，有時候難免得罪人。某次祭孔，他到了誦讀時打開祝文，（他從來不先翻看一下的，）竟發現是一張白紙，（有人故意跟他開玩笑，）他只好裝做鎭定，微微搖晃着身子，邊作邊讀道：『大哉孔子！孔子以前無孔子，孔子以後無孔子。大哉孔子！』一口氣讀完，總算應付過去了。事後，一位同官問他：『今年祀孔的祝文很特別，乾淨俐落，不知到底是誰作的？』他笑了一笑，回答道：『有人跟我開玩笑，祝文裏面只是一張白紙，我當時沒辦法，只好邊讀邊作，敷衍了事。』那個同官聽了，拍手叫絕，驚歎他的敏捷的天才不置。……」

我現在很願意再聽到他的熱刺刺的酒酣之言，他那些精妙有趣的酒話，在我的心坎裏時時起了回響。

【補記】

偶然看到米芾有孔子贊云：

「孔子孔子，大哉孔子！

孔子以前，旣無孔子；

孔子以後，更無孔子。

孔子孔子，大哉孔子！」

那麼所謂紀曉嵐臨時讀出來的祝文，原來是從這首孔子贊來的。紀曉嵐的逸事，也許是附會的居多。到底有沒有見於什麼筆記書上？只恨我讀書太少，不得而知，也沒有去查。而且有意想查書，却如大海撈針，確實是不容易的事，只好付諸闕如了。

小樓

那座小樓是在我家的後邊，東臨深潭，是屬於文模家的房子。有一年光景，我住在這個小樓上，度過一段荒唐而悠閒的日子。

文模是一個聰明的少年，但是遊手好閒，不務正業，人家背後說他是「損友」，然而我還是喜歡他，和他一同住在樓上，對床而臥。

小樓一共有三間，兩間空着，我們佔着東邊的一間。東南北三面都有窗，却只有東面的窗子可以遠眺。窗臺很闊，如果把紙窗拿下來，人就可以坐在窗臺上，不過這樣有點危險，我不常坐上去，平時只是憑窗眺望，或是對風敞開衣襟納涼。

河的對岸是一片水田，一條小路通到前面的一個小村子。半路上有一座碓屋，屋頂用稻草蓋着。經過的時候，偶爾到裏面歇脚，看人家在舂米。碓屋裏石灰地當中一片很光滑，木架上，柱梁上，泥壁上，角落裏，到處都蒙着一層糠屑，空氣中聞到一股清香的穀米的氣息。

向東北方看，遠處有一個小市鎮，一簇簇灰黑的房子在一條河的兩岸聚集着，早晚可以隱約地望見一艘小汽船駛過河上，冒出一縷一縷的黑煙。

我們白天很少在樓上，除非是雨天。雨困住了我們，泥濘的村路使我們寸步難行，不得出門。河上的雨景是很可看的，帶着淒涼的意味。大大小小的雨點灑落在水面上，激起了無數的微微的漣漪，間雜着一些水泡，浮散在水面，隨生隨滅。樹木禾稻，受着雨水的洗刷，更顯出綠油油的光澤，越覺得可愛。在這種天氣，文模總是靠在窗口，向我大談他的艷遇和大膽作風，加以一番誇張的渲染，使人神魂顛倒，陶醉於非非的夢想之中。

小樓的夜晚是值得回味的。無論是月夜，黑夜，風雨夜，靜夜，……各有一種風趣。樓上的燈光從紙窗上照映出來，雖然微弱，可是在黑夜裏，你從對面的路上望過來，却顯得格外明亮。「你夜裏睡得很晚吧，我在三更半夜還看見你樓上的燈光亮着呢。」村裏的人常常這樣對我說。

夏夜，紙窗大開，涼風習習地吹來，蚊子就很少了。鄰家的一個傭工，名叫阿根，也來湊熱鬧。他的眼睛很小，其貌不揚，身材又矮，可是賦有極強的記憶力，他的腦筋裏儲藏着無量數的民歌，就是唱一夜也唱不完的。現在我只記得一首民歌，印象特別深刻：

阿嫂生好白皚皚，
人情弗做你算猷。
閻王翻起生死簿，
一身白肉爛棺材！

第二句十足地道出了輕薄少年的心願，多麼大膽、率眞。第三、四兩句，說出人的生命是短促無常的，美人白嫩的肉體，也難免腐爛消滅，聽起來令人驚心動魄。

我那時沒有把他唱的民歌記錄下來，眞覺得遺憾。單憑這首民歌看起來，它的價值可以媲美「白雪遺音」，毫無遜色。阿根是個俗氣不過的人，言語無味，除了善於唱歌外，似乎一無可取。他一唱，就要唱到月斜烏啼的時候。

「夜深了，阿根，明兒晚上再唱吧，」有時我要下逐客令，「你家主人會罵的，快點回去！」

文模和他大不相同。文模平常沉默，興致來時却談得滔滔不絕。他對於女人頗具有冒險性，是一個「多元論」者。他曾經在一間醬園裏當過學徒，不知爲了什麼緣故，不到一年，就被那老闆婉轉地辭退了，從此一直賦閒在家裏。他的理想是卑卑不足道，只顧眼前的舒服，得過且過。但是倒也樂觀，心地善良，不說謊，不欺詐，不像他的哥哥那樣陰險。「有一天假如我能夠找到一份好工作，就可以揚眉吐氣了！」他對我提過他的志向，不過如此而已。我從他那裏學到了面對現實，敢於冒險的勇氣。

他是個中等身材，相貌可以算是清秀的，兩道劍眉向上揚，據說是「桃花眼」，女孩子比較喜歡的。他愛修邊幅，衣服雖然普通，却經常穿得乾乾淨淨，可是不免有點俗氣。

「喂，今天的進展如何？」臨睡前，我常是這樣地問他。

「呃，你說的是指哪一個啊？……」

「我問你，你到底有多少個……呀？」

「這很難說……有的是逢場作戲，有的送肉上鈎，……可是啊，有意栽花花不發，眞叫做枉費心機一場空！……」

我們的談話是不會持久的，因爲談不上幾句，他竟會呼呼地睡着了。

深夜的小樓彷彿由我一人獨佔，這周遭瀰漫着無窮的奧祕。紙窗在風中，卽使是微風，也會發出聲息。嘘嘘，唏唏！像是嘆息。淅淅，瀝瀝！像是雨聲。呼呼——呼！像是怒號。砰砰——砰！像是崩坍。小樓在鄉村的夜空裏，似乎俯臨一切。人們都入睡了，只有我還醒着，窗口漏出微弱搖晃的燈光，我的思慮在奔馳。……

北邊有兩扇百葉窗，終年關着，並且釘了釘子，聽說曾經有一條蛇爬進來，所以不敢開。那外面是一個荒廢了的竹園，（竹園外圍繞着潭水，人跡不到。）地上滿鋪着枯黃的竹葉和筍殼，茂密的竹林裏，只讓貓頭鷹烏鴉們來做巢。夜間，常有怪聲從那裏傳出來。

南邊是前後兩個院子，中間有一道月光門兒。院子裏種着兩株大樹，一株柚子樹，一株棗樹，還有幾樣盆栽。秋天到來，柚子結得很多，也很大，纍纍滿樹。文模常打下幾個，拿到小樓上面剝着吃，裏面的瓤是白色的，不怎麼甜。棗樹生了棗子，顏色由綠變黃，又變半紅，於是就會有小孩子喊着：「啊，樹上有紅的棗子！」它就會立刻被人用竹竿打了下來。院子外面有道粉牆，不太高，我們如果在深夜回來，不敢驚動人家開門，那就只好踰牆而過了。

小樓靠着正屋的左邊，那座正屋眞是百年以上的老屋，搖搖欲墜。遇到颶風來襲的時候，我們眞擔心那座老屋會倒塌下來，小樓也被波及遭殃。當那風雨之夜，我們幾乎整夜不敢合眼。一個秋夜，如水一樣的涼夜，我睡得正舒適，忽然被一陣嘩——喇，嘩——喇的聲音驚醒。仔細一聽，這聲音發自對岸。我起來打開紙窗朝外面看，原來有人在田溝裏捕蟹。

「這裏有兩隻！」一個提着風燈的人說。

「這隻大得很，又是圓臍的呢。」另一個人道，一面從竹籠裏捉出螃蟹，放在繫於腰間的簍裏，又把竹籠放回溝洫裏去。

我心裏在想：這些「横行公子」被蒸熟後，蟹殼鮮紅，蟹黃鮮美，放在一個大盤裏，「持螯把酒」，大可以享受一番。……

「昨夜裏我看見他們在捕蟹，」第二天早晨我興致匆匆地向文模道，「我們也不妨如法炮製，你看怎麼樣？」

「竹籠很貴，而且必須備有許多個竹籠，你有沒有辦法購置呢？……」文模冷淡地回答。

……

「不識廬山眞面目，只緣身在此山中。」那種無拘無束閒逸鬆散的生活，是我一生中不可多得的一段黃金時期，當時竟輕易地虛度過去了，毫不知道珍惜。現在峯回路轉，回頭遙望走過的那些崎嶇的山徑和重疊的峯巒，才體會出它的美妙佳勝，……而深深地歆羡追悔不已。

憶鵝湖山

「鵝湖山下稻粱肥，
豚柵雞栖對掩扉。
桑柘影斜春社散，
家家扶得醉人歸。」

讀着唐人張演「社日村居」這首詩，就會使我想到許多年前遊鵝湖山的情景。

民國三十年、三十一年，我在江西鉛山教書。那時正是抗戰期間，大家的生活都非常困苦。教室分散在祠堂或廟裏，祠堂和廟之間有一段不太短的路，快步走，也得十分鐘才走得到。因此往往上完了這一班的課，要匆匆地跑路，剛到另一班的教室的門口，就又聽到上課的鈴聲了。可是那些學生們却眞能夠敬愛教師，跟現在都市裏的學生比起來，實有天淵之別，因爲那時候一旦一個教師走了，整個學期那幾門課都會缺着呢。

城外是一帶荒涼的小山丘，馬路旁邊長着蘆葦雜草，一條護城河淺淺地流着，水幾乎要乾涸了。課餘空閒的時候，常愛在這一帶走走，一面買些花生剝着殼吃。北邊有一座巍峨的高山，就是鵝湖山，挺拔的峯巒映襯於蔚藍的天際，只要天氣晴朗，一抬頭就可以望得很清楚。我很想爬上這座高山看看，可是許久都沒有機會。

有一天，是春末夏初的星期日，我跟王、黃二君約好，一定要登上這座山。我們找不到一個熟悉山路的人帶路，只好三人自己亂闖。早晨八點鐘開始上山，一鼓作氣往上爬。

這座山，滿生着松樹、雜草，很少瀑布溪水，也找不到什麼湖。

「聽說山上有一個湖，我不知道在哪裏……」黃君微微喘着氣對我們說，他是上饒人，知道一點關於這座山的情形。「湖中生着許多荷，所以最早的時候叫『荷湖山』；到了晉朝末年，有一個姓龔的什麼人在這兒養鵝，因此大家就叫它『鵝湖山』了。」

「暫時且不管別的，我們先爬到鵝湖書院再說。」我建議說。

大約午後一點鐘，我們到達鵝湖書院。陽光普照着，大家都已經是汗流浹背了。這兒差不多到了山頂了，可以遠眺山下。一片平疇，全是綠油油的稻田，中間有幾處夾雜着人家，叢樹，小丘，河流，都在隱隱約約之中呈現出簡樸寧靜的鄉村的景色。我想，前面所引的唐人的詩，尤其是第一句「鵝湖山下稻粱肥」，的確能夠道出這一帶平靜豐饒美好愉快的景物。

至於那個湖，大概在半山腰，或者靠近山脚，不知道是否已經乾涸了？……我們始終沒有找着。後來下山我在書籍裏查了一下，知道一點關於鵝湖書院的始末。南宋孝宗淳熙二年（西元一一七五），呂祖謙（東萊先生）約了朱熹、陸九淵、九齡，爲鵝湖之會，地點在鵝湖寺。會期一共十天，他們對于德性、學問等等的問題，互相辯難，終於兩方面的意見不合而散。之後這個鵝湖寺改名爲文宗書院。到明朝正德年間，把這個書院遷移於山頂，又改名爲鵝湖書院。——就是現在這個地點。

鵝湖書院很寬敞，房子有許多間，因爲年久失修的緣故，頗有點破敗荒廢的模樣，那裏可以看到許多朱子寫的擘窠大字，筆勢遒勁渾厚，結體茂密，使人想見他那種正人君子凜然不可犯的風範。這種擘窠大字，跟我在故宮博物院內所看到的朱子的大字是差不多的。院子裏有五座碑亭，裏面立着五個石碑，刻着朱子寫的五經表解。字小文長，來不及細看。我們當時沒有帶工具去，把五個石碑的碑文全部拓了下來，這眞是非常遺憾的事。……

「附近的地方，不能再遊了！我們得趕快下山呢。」王君在催促着。這時候已是兩點多了，我們要在天黑之前走到山脚，不能再逗留，附近的名勝，只得「割愛」了。

雖然只是短短的一天的遊山，但是留在我的腦膜上的印象，却經久而不滅。名山勝地，往往因了一二偉人的關係而留下古蹟，供後人景仰遊覽，實在使我們感謝不盡。

我又想起最近遊獅頭山的情形。

一個陰天，我和朋友董君，從「獅頭」走到「獅尾」，足足走了大半天的山路。經過的地點有紫陽門、輔天宮、勸化堂、舍利洞、望月亭、獅岩洞、海會庵、靈霞洞、金剛寺、萬佛庵……

等處，給我的觀感只是一片髒亂荒蕪。望月亭上有一塊石刻，記載着修路捐款者的姓名，字跡的惡劣寒傖，眞是無以復加。這和鵝湖山的舊遊的回憶，成了美惡的極端的對照。因此我這麼想：保存古蹟，發展觀光區，在目前誰能說是「不急之務」嗎？

西樓夢尋

去年夏天溽暑中，偶然作了一首小詩云：

西樓今在否？目極海雲隅。
水樹縈隧岸，村橋接野蕪。
涼風消夏燠，圓月伴人孤。
卻念牆陰桂，秋來花滿株。

詩寫成後，未曾拿出來給人家看。然而西樓的朦朧縹緲的情景，時時縈繞左右，或出現於夢寐之中。我以前曾經寫了一篇短文，題爲「小樓」，可是那個樓是後面季家的臨河小樓，非吾家的西樓，我居住在西樓的日子比較長，因此聯想到的情事也就更深了。

西樓有三間，坐西朝東，三面有窗。右邊的一間放着一座「文昌帝君」的神龕，旁邊堆着凌亂塵封的雜物，神龕後面是通到樓下的樓梯。我平常佔用的是當中和左邊靠南的兩間，當中的一間鋪着床，南邊的放着一張小方桌，作爲習字的地方。在這個小天地中，我有苦，有樂，有悲，有喜，曾經度過了不少的歲月。

向東的一排是紙窗，有精緻的窗櫺，每到冬天，要糊新的窗紙，先得把一扇扇的窗拿下來，洗乾淨舊的破窗紙，然後糊上潔白細薄的連史紙。在朝陽照射之下，眞會令人感覺到明窗淨几的幽趣。西南兩面都是玻璃窗，可以眺望。尤其是西窗外，縱目看去，一片廣闊的原野，點綴着小橋流水叢樹，景物閑美，那一帶是經常散步遐思的地方。

一條石子小路蜿蜒向西而去，周圍是遍植着綠油油的禾稻的平疇，風吹過去，起伏着滾滾的稻浪。左邊遠方有一座小山，叫做龍山；龍山的對面是萬松山，都靠近城郊。更遠處西北一帶，是蔚然深秀的羣山，每年清明，我們都要到那邊的山上掃墓。翻過那些山，便是大羅山，那是我從來未曾登過的高山。

多少的清晨或傍晚，我在那條潔淨的石子路上漫步，大自然的靜穆的景物，給了我的煩悶的心不少的慰藉，愛撫。還有那小河上的石橋，橋邊的小小神廟，是我在中途坐下來憩息的所在。郊野的一角裏，有一個埋葬夭折嬰孩的荒塚，那上面雜草叢生，陰森可怕。我每次散步到那裏，就自然停住了脚步，從來不敢爬上去探視一下。

故鄉溫州的天氣多雨，一下雨就是一連幾天不停。碰到這種天氣，只好留在樓上欣賞雨景。田裏的稻禾被雨水沖得更光潔青綠了，顯得蓬勃有生氣，遠山被雲氣所遮，露出空濛淡青的峯頂，像一幅水墨畫。小路上這時候看不見一個人影，偶然田塍間有一隻白鷺，在雨中竚立着，抬起牠的頭，現出毫不在乎的神氣，忽然又向水田裏啄食着什麼，過了一會兒，一下子振翼飛去了。檐霤下的雨水，發出滴答的聲息，加濃了雨天的情調。樓下的桂樹，葉子被雨淋着，發出淅瀝的音節；從窗口望出去，可以看見青綠色的樹梢，在風中搖晃。這些時光，你如果誦讀陶淵明「停雨靄靄，時雨濛濛」詩，思念朋友的情懷定會油然而生，因爲在這荒僻的鄉村，除了樸野的農夫之外，你簡直找不到半個可以談心的朋友。

我在西樓，大部分的時間都是在寂寞中度過的。寂寞能使人沉思，也會使年輕脆弱的心愁悒。這兩間樓上，只擱着幾件寒傖簡陋的家具，又沒有經常打掃，給人的感覺只有空洞荒涼。最早的時候，我跟大哥一同住在樓上。那是在新年，因爲要躲避拜年的客人，我們把西樓當作避難的桃源。在那個時候，新年逢着長輩，都得跪下來拜年，這是我們最嫌惡的事。大哥還寫了一張「廢除拜年」的紅紙條，貼在門上。「你們眞會弄到六親不認，親友都斷絕了啊！」母親爲了貼紅紙條，很生氣地責罵我們。「怕他們什麼！」大哥冷冷地回答。大哥喜歡布置房間，糊紙窗，寫對聯，整理書桌，擦窗玻璃，忙個不停。我站在旁邊，聽候他的指揮。等到佈置完畢，寒假也差不多過完了。後來大哥到上海求學去，西樓顯得比以前更荒廢凌亂了。

最值得回味的是逸菴來西樓寓宿的那短短幾天，我們抵掌而談，海闊天空，從文學、書法、遊山、吃喝，談到女人、金錢、賭博、時局，一直到半夜，毫不覺得疲倦。他擅長書法，字體豐濃圓潤，他那翁同龢體的行書，頗得一般人的讚賞，已經有點名氣了。伯父送了紙來請他寫字，他在樓上揮毫，我在旁邊觀看，眞是羨慕不置。記得西樓的窗扉上，還貼着他寫的歐陽修的「歸自謠」詞。

西樓有客人來住，不過是偶然的事。獨宿樓上，雖然有點害怕，但是可以細細地體會鄉村夜晚的特別的韻味。如果在黑夜，向西窗外面望，你看不見什麼燈火，只是一片漆黑。在秋夏的季節，你可以看見流螢在夜空中稻田上飛過，放射出一閃一閃的柔和神奇的幽光。鄉村裏入夜以後，人聲聽不到了，喧雜的噪音更不會有，可是也不能說是絕對的寂靜：草叢間的蟲聲，水田裏的蛙聲，高樹梢的風聲，遠近村中偶然相應的犬吠聲，還有，深夜特有的說不出什麼的輕微的聲息，……這些是地籟，還是天籟？……管它什麼，你試傾聽，你的耳朶定在應接不暇，這大自然和諧的節奏。

有的夜裏，月光從窗口照進來，在地板上映出方方的銀白色。這時候西樓變成了美妙的世界。窗外，遠山只是淡淡的一抹，淡灰色的，隱隱約約，在天際連緜起伏。田野、樹叢、河流、石橋、石子路、屋舍，都靜悄悄地浸在銀白的清光裏，顯得像冰雪一樣的潔淨無瑕。白天裏看得到的那些路旁汙穢討厭的牛糞、茅廁……一一遁形匿跡，朦朧的月色籠罩了一切，美化了大地上的醜陋。南邊那一帶水渦似的村舍屋瓦上，彷彿蒙了一層薄薄的白霜。整個的西樓，好像在汪洋空明的水上浮着，使人有不知身在何處的感覺。

一到寒風凄緊的冬夜，我不想獨自睡在樓上，就搬到樓下裏邊的一間睡。那個房間很小，後面隔一層板壁就是樓梯。夜晚沒人可以談天，斜着身子靠在溫暖的被窩裏，隨便翻閱着一本什麼書，倒是滿舒服的，可是這樣往往就會睡着了。一個深夜裏，我已經這樣地睡着了，忽然被一種緩慢而有節奏的咚——咚的聲音驚醒，它從神龕那裏發出來，逐漸向樓梯頂端過來，一級一級地下來，最後到了我的臥房門口，呀——地一聲，門被推開了。「是什麼東西啊？鬼？神？小偷？」我的心怦怦地急跳着，背上覺得一陣冰冷，頭已經蒙在棉被裏，再也無處可躲藏了。……正當生死關頭，却一聲喵——叫着，驚魂立刻安定下來了。原來是那隻晝伏夜出的白貓，牠走樓梯絕似人的脚步聲，令我虛驚了一場。自從這次以後，那間放着神龕的樓上那種陰森森的神祕性却減輕了許多。

樓下那間斗室，窗戶既高又小，又被外面的屋簷遮住，就是在中午，光線也不充足，所以白天裏，我總是在樓上。早上讀英文，我喜歡讀那本厚厚的 The Sketch Book（見聞錄），雖然不見得全讀懂，却讀得津津有味。午前寫字，因爲受了康有爲的廣藝舟雙楫的影響，我專心臨摹小歐的道因碑；後來又嫌歐字太瘦硬露骨了，就改臨虞世南的孔子廟堂碑。下午，則隨意誦讀一些詩文。那種生活，倒是頗輕閑而稍帶空虛的。

逢着春秋佳日，樓頭的景色是極美妙的，尤其是在春天菜花盛開的時節，田野裏完全變了樣子。我把西窗打開，一陣微香隨着和風送進來，令人陶醉。這種菜俗叫做油菜，本草名蕓薹，葉濃綠色，開黃色細密的花，子紫色，可以榨油。葉莖嫩時可食，用以炒年糕，我們最喜歡吃。在和煦的陽光下，除了綠樹，如帶的河流，灰白相間的屋舍外，遍野宛似灑了一層黃金，燦爛奪目。某一天，近中午的時光，我正在窗口凝望，忽然看見石橋那邊有幾個倩影移動，漸漸地走近了，才看出來是一個穿紅的跟兩個穿花的衣服的少女。

「你在樓頭獃望着什麼啊，還不快下去替我們開門？」那個穿紅衣的向我招手，笑着喊道。

「我一時認不出來……」不聽我的答話，她們就轉彎向門口快步走了。她們是從城裏來的三個表姐，正要到我家探望外婆。頓時，我感覺到大地上的一切，美滿無缺，萬物欣欣向榮，無邊的春色，蓬勃的春意，瀰漫了西樓，充塞了天地。……

往事如春夢。是夢？……是眞？……到後來幾乎都分辨不清了。

吳淞江畔的追憶

在「聯副」上看了余光中先生的一篇「聞道長安似弈棋」，裏面提到許芥昱教授英文新著「中國文壇近貌」，有關於作家沈從文的報導，使我感觸很深：

「沈從文到旅館去看許氏。七十一歲的老作家已經滿頭白髮，面色紅潤，戴一副玳瑁鑲邊的眼鏡。沈從文這些年來一直在研究古代文物，見面之後，就滔滔不斷地述說他考證的漢墓出土的絲織品，戰國的漆器，唐宋的古鏡，說他二十年來出版的考古文章已達二十四萬言，共爲三卷。……許氏問他：『您自己的寫作呢？』……他說：『現在要的是另一種小說了，我交不了貨。』……」

沈從文本來是一個多產的作家，而如今竟寫不出作品來，只能以考古的文章勉強交卷。以一個作家說來，這該是多麼痛苦的事啊。

這感觸又引起我對於吳淞江畔的追憶，這一段的生活多自由自在！(可惜在當時毫不覺得。)那時候大概是在民國二十年，我在那裏曾經看見沈從文，他以一個「天才作家」聞名，那正是他的黃金時期。

我的朋友逸菴，平時沉默寡言，閒居江邊，賃一間民房住下來。他做了一首打油詩送給我：

「午睡醒時日已斜，
忙穿襪子訪天華；
吳淞江畔潮初退，
陌上人歸踏落花。」

這首詩雖然平常，却頗能透露出當時那種閒散疏懶的生活的情趣。江畔的景色，我一看到就被它迷住了，就打定主意要在那一帶住下來。當漲潮的時候，沿着那條整潔的灰白色的隄防走，水波離岸不到兩尺，微細的浪花有時候濺到你的脚上來。這裏又叫做砲臺灣，西北是寶山，北邊江水中有一座燈塔，一條堆着亂石的長隄通到那座燈塔，潮水滿時就要淹沒了那亂石的長隄，所以我都不敢冒險走到燈塔那盡頭。這兒是吳淞口，也是長江的出口，江面一片溟涬遼闊，有着大江東去入海的浩蕩的景象。

在有人游泳的岸邊沙灘上，豎立着一塊木牌，上面寫着兩行大字：

朋友：卽使山窮水盡，也不必灰心；
總會有什麼辦法可想，事在人爲。

我常常對着這塊木牌和蒼茫的江天出神，我在思索着人間的種種的問題，我懷着年輕人的野心，於渺茫的希望中感到一些苦悶。

一個悶熱的夏夜，我輾轉睡不着，深夜一個人跑到江邊，睡在隄岸上，讓有節奏的水波來慰藉我的浮躁的心靈。不料却使另一個遊人以為是自殺者的屍體，而嚇得他遠遠地避開了。雖然事隔多年，現在想起來，還令人覺得好笑。這江畔的種種，充滿着耐人回味的詩意。

我們的學校（中國公學）距離江邊不遠。校舍不大，倒很幽靜。大門口有一座板橋，馬路旁邊種着兩行垂柳，增加了不少的鄉野幽趣。一個晴朗的週末下午，我正從大門口出去，看見一個風度飄逸戴一副眼鏡的清秀的年輕人迎面而來，手挽着一個佳麗女郎，好像一對情人。「你瞧，這就是沈從文跟他的妹妹沈岳萌。」一個同學推着我一下，輕輕地對我說。

先是因為徐志摩的游揚，胡適之先生竟請他到中國公學當教授，這是一件頗有魄力的事。不過當我看見他的時候，他已經離開中公，到青島大學教書，偶然抽空兒來看他的妹妹，同時他所追求的對象張兆和也還在學校，運動方面她很活躍，我們稱她為「黑美女」。

沈從文的個子小，說話的聲音也低細，雖然寫文章揮灑自如，口才却是不好的。我沒有聽過他的課，這裏的記述，多來自同學們的傳聞。梁實秋先生上課時黑板上不寫一字，「我不願吃粉筆灰，」他這樣地告訴學生。沈從文却正相反，他說不出話來，只是在黑板上寫滿了又擦掉，擦完了又再寫。這就是梁先生的所謂「怯場」吧。（見看雲集：憶沈從文）但他在上課之前的準備是相當充分的，我看見學校圖書館裏的文學方面的書，差不多每本後面的借書卡片上都簽了他的名字。至於他的字，遒勁娟秀，曾經下苦功練過的。我看過他給人家寫的一幀小條幅，兩行八個字，有點像章草體。

他既然是一個出了名的作家，自然有許多青年慕名而來打擾他，因此聽說他常常把自己鎖在房間裏，在裏面寫作，拒絕會客。這倒是一個頂乾脆的辦法。

沈從文初期的文體，句法頗特殊，據說有點受了廢名（馮文炳）的影響；也帶了一點兒歐化，這大概是受徐志摩及翻譯的書的影響。

「沈從文的文章很美，句法長短參差，很特別。比郭某的文章好多了！」一個友人名叫陳慶之，他是「沈從文迷」，同時也傾倒於他的妹妹，時常向我推介他的作品。我最初看的是小說集「蜜柑」。隨後又看到「一個天才的通信」「阿麗絲中國遊記」等書。「月下小景」是他新婚時的作品，據他自己說，是爲了娛樂太太張兆和而作的。我最喜歡的是他的散文「從文自傳」跟「湘西散記」。豈明老人把「從文自傳」列爲愛讀的書十種之一，不是沒有明見。在這些散文裏面，表達出他的眞眞實實的生活，艱辛險惡而具有濃厚的人情味。他的長篇小說，如「邊城」「神巫之戀」，也很有名，但是我未曾細看。

後來我雖然離開了吳淞，我一直都沒有忘掉這位卓越的天才作家。

和這個富有詩意的地點有關，特別值得一提的，是同窗羅光復君的事。

我的宿舍在學校的後邊，寢室外面院子裏，有高大的梧桐樹，梧桐先知秋意，秋風一起，葉子馬上都零落了，陽光就照了進來，可以說是夏涼多暖的屋子。

一室住四人，但是我們的寢室只住了三個人，一個黃君，另一個是羅君。黃君是廣東人，喜歡音樂，會奏洋琴。平時除了奏洋琴外，就是寫情書。每到考試的前夕，他總是用方音很重的廣東國語向我打招呼。「老繆，明天要考系（試）了，怎麼辦？」羅君有點土頭土腦，每天早起就哇喇哇喇在讀英文。我不大喜歡他，很少和他交談。

一到週末，尤其是在晚上，幾個同鄉就要到我的寢室裏來，（那時同室的人多半不在，）吃花生、柚子，搞得滿地都是花生殼柚子皮，也沒人去打掃。經常如此。

一個星期日的上午，他們又來我的房裏，也正好寢室裏沒有別人，於是把房門關了起來，可以盡情地高談闊論一陣。不料門背後貼了一張毛筆寫的字，是一首四言詩：

「君毋棄殼，
君竟棄殼！
棄殼滿地，
當奈君何！」

「這是誰寫的？是何用意啊？」我緊張地問。

「誰寫的？我不知道。」超君什麼都是最敏捷的，立刻說明道：「『棄殼滿地』，還不是罵我們亂丟花生殼？可惡！」

「他這首詩，是仿擬樂府相和歌『公無渡河』而來的。那首詩也是四句：『公無渡河，公竟渡河；渡河而死，當奈公何！』你們說，對不對？」我好像發現新大陸似的高興地說。

「誰要聽你的背書？書獃子！」超君的火氣沖天，忍耐不住的。

「這幾個字倒寫得蠻秀勁的，」沉着老成的逸菴是個書法家，這時看我們要吵架了，才插嘴道，「套的詩也很有幽默感，他罵人不算過分。」

「其實，我們也眞是該罵！」超君的火氣一下子平息了，「別人如果這樣的亂七八糟，難道我們會受得了？」

「這一定是那個土頭土腦的羅某寫的，那廣東佬怎麼也寫不出這樣的好字來的。」我在追究寫字的人。他們都同意我的想法。

第二天，門背後貼的詩不見了。

從此，我獲得了兩個教訓：一、交朋友貴在知心，不可以貌相人；二、生活須自己檢點，不可妨害他人的安寧。羅光復君成了我的益友。早晚有暇，我們時常聊天，海闊天空，談得很投機，知道他是漢口人，在文學方面，中英文的造詣都很深。出了校門以後，我們還不斷地通信，直到時局動亂時期才告中止。……如今不知羅君仍然無恙否？

吳淞江上的水波呀，什麼時候我再能親近你，有機會在江畔小住，再沾到你的微細涼爽的飛沫呢？

旅途中

「今天天氣陰，時晴，還不錯，到郊外走走，怎麼樣？」

「咱們到三民去吃魚頭，好不好？」我心血來潮，提議道。

「吃魚頭？這眞是好主意！只是恐怕時間太晚了。」

「現在才兩點半鐘，怕什麼太晚？要去就去啊，別失掉了口福。」

「那麼，再約幾個人一同去，熱鬧一點。」

「也好。……其實我的本意不在吃，『醉翁之意……在乎山水之間』呀。」

坐上到三峽去的公路局的直達車，我選了一個靠窗口的坐位，便於眺望。

車子開過華江大橋，就是江子翠、板橋……，可以望見野外清幽的風光了。一投身在大自然之中，就會使我心花怒放，不管極平常的小橋、流水、綠樹、屋舍、阡陌、田疇、青山、丘阜，都會引起一些詩情畫意，令人陶醉。我是從小便和山與水結了不解之緣。古人說：「智者樂水，仁者樂山。」雖然我不配做一個智者或仁者，對於其中的蘊奧也許還不能領悟，但是對山水的樂趣，却是可以懂得的。我覺得山與水必須兼而有之方好，不可偏廢。只有山沒水，覺得太枯燥、單調、荒涼；只有水沒山，又缺少登臨、遠望、探幽之樂。

汽車在疾行，我的心在山水畫中飛馳。樹木、電燈柱、田野、河流，……不斷地向後退移，川流不息，沒有窮盡。車子轉了一個彎，向山側開去，蜿蜒着前進。這景象，突然使我跌入了一段回憶裏。

我彷彿身在浙贛鐵路的火車上，這是從金華開到南昌的夜車。我懷着一顆破碎悽惶的心，向着渺茫的前途，一個陌生的地方投奔。我所繫念的人在東，火車却向西開，越走越隔離得遙遠了。

團圞的月亮高照着，車窗外的一切，都蒙上一層銀白色。火車通過無數開鑿了的小山丘，像張開了口的黃土堆，一堆一堆地從窗口掠過去，消隱了。田野中點綴着一些圓形的草堆，頂尖，中部肥大，底下纖細（是下面的稻草先被抽去用了），看過去好像一座樓閣或是亭子，頗有詩意，這是故鄉所沒有看到的景象。溪流很少見，火車偶然經過一條小河，河水涓涓地流，在月下閃出奪目的光輝。

這一帶荒涼的山野，四周不見人家，在月夜裏特別顯得沉寂、淳樸、淒迷。想起寒山子的詩：

「千雲萬水間，中有一閒士。白日遊青山，夜歸巖下睡。倏爾過春秋，寂然無塵累。」

「自樂平生道，煙蘿石洞間。野情多放曠，長伴白雲閒。石牀孤夜坐，圓月上寒山。」

覺得和這個境界頗相類似。坐在車上，微微地顛簸着，竟墮入了美妙的冥想裏，暫時忘掉了塵世間的煩惱、紛擾，甚至於歡樂。……就這樣，半夜未曾合眼。

後來我到了南昌，自己的願望一無所得，連滕王閣的遺址也沒找着，這個「故郡」我眞的一點也不喜歡；可是這次夜行所見的景色，却給了我意外的莫大的慰藉，這也算是此行唯一的收穫。

通過了一座古老的石欄橋，公路局的車子到了三峽，我們一行五人下了車。同行的一位「心廣體胖」的朋友，忽然說有事要辦，恐怕時間來不及趕回，臨時打了退堂鼓，要半途折回臺北，也只好由他去了。

四個人搭上從三峽到三民的公路車，我又佔了靠窗的位子坐下。車子過了湊合，便從山谷中慢慢地向山坡爬行。山上種着橘樹，蒼翠蓊鬱，夾雜着黃色的累累的果實。望着這一片蒼翠的顏色，又使我想起故鄉的名山水——仙巖，……不覺神遊於其中。

仙巖在瑞安縣的東北，大羅山之陽。那裏有三個瀑布，遠近聞名。我第一次到那裏是在小學時期，參加了學校的遠足去的，隊伍的前面還有樂隊做先導。第一個瀑布叫做梅雨潭，從山脚走上去不過數百步就到了。有一個亭子，正對着瀑布，可以看得很清楚。那一道瀑布，從危巖上飄灑而下，水沫紛飛，宛如一疋潔白的布帛，一疋永遠落不完的布帛。它灑落在潭中，發出潺潺淙淙的聲響，如驟雨鳴，又像疾風聲。它和雁蕩山的大龍湫瀑布比，雖然氣勢的浩大不及，而秀麗飄逸則過之。從梅雨亭沿着石級下去，可以走到潭邊。碧綠的潭水，映着青樹翠蔓，更顯得濃綠幽邃，淒神寒骨。由下面仰望瀑布，又是另一副姿態，疑是飛流從天而降，有時候，霏微的水沫會飄到我的面孔上。

從梅雨潭走上去，第二瀑布，是雷響潭。有些遊人投石子到潭中，便發出瀉然之聲。也有人帶了爆竹在潭上燃放，發出驚人的巨響，聲震林谷。第三瀑布叫做續絲潭，聽說潭水很深，它又在雷響潭的上頭。越往上去，山路變得越崎嶇陡峻，一般的遊客都望而卻步，不肯爬上去，我也未曾上去過。

山下有一座寺院，叫做仙巖寺，院宇廣敞清潔，花木繁茂。在那兒住宿一夜，聽聽寺院中莊嚴的暮鼓晨鐘，早晨起來，喝一杯用山水泡的清茶，多麼有風味啊。……寺外面有一個「流米巖」，這就是仙巖得名的由來。我又記起，據方志的記載：南宋時陳止齋（傅良）曾經住在這山中讀書，朱子來訪他，題了「溪山第一」四個字，刻在什麼地方。這古跡舊址，我是否遊過？究竟在哪一帶？在山上？或山下？是石室？洞府？或書院？……我竭力在探索，在追尋，在捕捉。

……………

「三民到了，大家都下車！」車掌小姐大聲地喊着。我從幻夢裏被驚醒了，匆匆地跟了乘客下車。在蒼茫的暮色裏，迎面我看到一座公園似的建築物，門口寫着「三民國小」四個大字。向着右邊的馬路走去，抬頭看見有兩三家掛着「大鰱魚」的日光燈招牌，光芒四射，在招引顧客，我的飢腸頓時覺得轆轆地響起來了。

埡口道上

海端是南橫貫公路的入口，從這裏起，車子轉向西面前進。積着雪的高山峯頂，像是古稀老人的白了的頭，遙遙在望。念着那首著名的詩：

「終南陰嶺秀，
積雪浮雲端。
林表明霽色，
城中增暮寒。」

只覺得寒氣陣陣侵入，身上穿了風衣還嫌太單薄了似的。

「我們的車子會不會經過那座積雪的山頂呢？」我問着。

「那座山離我們還很遠啊。」一個人回答道。

到了霧鹿，遊覽車停下來，讓我們休息。薄霧尚未全消，天色陰沉。那裏有一個天龍溫泉，一間小店，售賣雜貨，顯得幽靜荒涼。小店的旁邊一個籠裏養着一頭小鹿，牠的一隻後腿受傷了，可憐兮兮地蜷伏着在吃番薯葉。對着這頭小鹿，我因此想像着當年山地人在深山中打獵，傍晚獵罷歸來，在山坡上載歌載舞的情景，不禁神往。

沿着蜿蜒傾仄的山徑上去，兩旁的樹木的枝幹上，垂掛着纖細的藤蘿，有褐色的，有綠色的，在風中搖曳。有時看見一株古木，樹幹的皮脫掉了，堅韌臃腫，像老人頸項上的筋脈呈露出來。樹頂有平的，或向下面俯垂着。有的古木，上面的一半折斷了，只留下半截，彷彿一堆黃褐色的岩石矗立着。它雖然避免了斧斤的砍伐，却逃不了暴風的摧殘。

山徑迤邐曲折，盤旋而上，峯囘路轉，看來時的山路，在下面隱現着，剛才經過的幾座山，却變成了下面的小山，可以望見山頂，方知此時已經身在高山之上了。

「啊，雪！樹上的積雪，多美呀！」

「車子停一下，讓我們欣賞欣賞吧。」

聽了這些呼喊聲，我向前面看去，只見一片銀白色，巖石上，枝幹上，山坡上，路旁的枯草上，都蓋着一層白雪。我也頓時感到興奮了。

車子又轉了幾個彎，這一帶是背陰的巖壁，雪積得較多，無數的玉樹瓊枝，亭亭而立，巖壁上，翠、褐、白相間，斑駁錯雜，構成一幅極美的雪景。

有誰送了一捧雪到車上來。好多人都各拿了一小塊玩弄着，我也擘了一小塊，放在嘴裏，嘗着天然雪水的清涼的滋味，這和常含消毒劑的惡澀的自來水大不相同。

車子在一處停下來，我連忙下了車。我在雪地上踏着，跑着，差一點兒要跌倒。我觀賞雪中的景物，用手撫摸樹枝上的潔白晶瑩的雪，懷着舊友相逢的心情去親近它，重溫舊情。我又歡欣，又緊張，思潮不斷地起伏着。

雖然我未曾身歷北地的大風雪，而在江南故鄉，雪却是常見的。瑞雪一飄，大地遍灑瓊瑤，平添了許多的勝景，跟着也帶來了許多的樂趣。

賞雪最過癮的那一年冬天在江西鉛山。紛紛揚揚地下了一夜的大雪，第二早晨雪霽了，積雪有一尺多深。大地一片白皚皚的，房屋、田野、樹木、道路、橋梁、山丘……一切都被隱沒了，小河都結了冰，河面上也積了雪。陽光照耀着，燦爛生光，使得你的眼睛睜不開來。

我走到郊外，在小山坡上奔跑，覺得天地從來沒有這樣光明澄澈過，明豔極了。我從山坡上滑跌了下來，在雪裏打滾，衣服却一點也沒有弄髒。只是左眼的眼皮被凍傷了，一兩個月後還覺得眼皮沉重不舒服。……

一輛小卡車經過。「你看啊，雪人，眞棒！」這喊聲打斷了我的思潮。看卡車上載着那個雪人，黑眼睛，紅嘴唇，一身臃腫。

十二點多，遊覽車停在埡口，正是吃中飯的時間。這裏海拔有二千七百多尺，是南橫貫最高的山，附近那些負雪的山峯看起來都還在下面。有些人在忙着拍照。我丢下便當，趕緊去觀覽雲海。

平常看雲，只是從下面看，它的飄忽，舒捲，瀰漫，掩覆，陰暗，燦爛，已經是變化多端，至於雲海，是從上望下，情狀自又不同了。自積雪的山頂向下看，濛濛茫茫的一大片，像棉花，但棉花無其潔白柔媚；又像浪花，但浪花無其均勻平靜。雲海的上面，露出蓋着殘雪的青山，再上面，便是淡藍的天空。山風吹來，頗覺寒冷，可是陽光照背，又增加了一些溫暖。眼前的景物，受着太陽光的照映，雲雪交輝，眞是光明豔麗之至。這雲海的色彩形狀，自然會因朝夕天氣的不同而起變化，可惜留在此地的時間太匆促，不能一一領略。

車子通過大關山隧道，裏面有冰柱垂掛着。隧道頗長，約需四五分鐘才開出洞口。過了隧道，山路漸漸地向下降落，越走越平坦了。

自埡口回到了囂雜汚染的都市，依然故我，沒法從山中帶來嶺上的白雪和白雲，相與從容細細地玩賞。

新年遊舊地

一月一日

五點鐘起床。七點前就坐計程車出去，到南陽街乘幸運旅行社的遊覽車。這次結伴同行的有江、謝、孫君，連我四個人。遊覽車於七點半左右出發，一車載着三十個遊客。沿途只見店舖的門口都懸掛着國旗，顯出一片愉悅祥和的新年的景象。

中午到了臺中，在富春園午餐。飯菜很不錯。自從鬧腸胃病，一個月以來，我一直都吃麵，今天才開始吃飯。這次生病後，仍舊能夠出遊，也算是不幸中之大幸。一個人在平常健康的時候，應該知道好好地珍惜、利用、保養，一生病，就沒有自由了。

飯後，車子在省議會停了一刻鐘。天色陰沉，颳風，旁邊有一個池塘，有些樹木，小橋，景色荒涼，沒有什麼可看的，隨後車子向日月潭開去。

經過埔里一帶，風光幽美，依稀如昔。無端惹起我的一些回憶。那次也是在春天，住在白霏的家裏。大清早，她帶我爬上一座小山，山間有一個廟，彷彿叫做心靈廟。往下面看，可以望見蓊鬱的林丘溪谷，錯落的屋舍田疇，有點像從永嘉到麗水的公路上所見的景物。那年的暑假，我眞想在埔里日月潭那一帶居住一兩個星期，但又恐怕身在山中，却寫不出文章來，徒然辜負了佳勝的山水，反爲不妙，因此打消了這個念頭。……車子沒有停留，一轉眼就駛過了埔里。

四點鐘左右，車子到了日月潭。太陽從雲中出來了，天氣非常和暖。正値假日，狹窄的馬路上，來回的大小車輛擁擠着，水泄不通，弄得遊覽車進退維谷。

「眞倒楣！車子在這裏已經足足停了一個半鐘頭，這麼好的天氣，白白浪費掉！」車中有一個遊客在埋怨着。

我靠在窗口不作聲，一面在回想着第一次遊日月潭的情景。

那是在四十二年的夏天。近中午的時候，在羣山環聚之間，我初次望見了聞名已久的日月潭。周圍的峯巒呈現着蔚藍色，具有秀異之氣。潭水的碧綠濃淡，隨着日光的隱現而改變不定。波光雲影，極其迷離，變幻，可愛，令我驚異。左邊是日潭，圓形；右邊是月潭，半月形。介於日潭和月潭之間，有一個小小的洲渚，就是光華島。……如今聽說日月潭的水位降低了許多，似乎沒有過去那樣的瀲灩迷人了。

抵達文武廟時，太陽已經西斜了。廟宇已是煥然一新，前面走廊內，放着八張大理石的椅子，富麗堂皇，供遊客休憩。謝君替我們在廟前拍了一張照片。

夜宿教師會館。潭上的寒風徹骨，同行的友人都怕冷。孫君說：「我們的衣服穿得太少了，不然倒可以坐小船去遊潭。」後來只在馬路上隨便逛逛。賣紀念品的店舖林列，燈光輝煌耀目。

睡前寫一封短簡給江漢，想在明天帶回臺北投郵。夜深倦極，一點多鐘才上床，睡眠的時間很少，但是睡得很熟。

一月二日

清早五點鐘就起來，披上風衣，連忙到平臺上眺望。教師會館是處於日月潭的尾部，可以望見明潭的一端。

遠處，水上的宿霧未散，在泱漭的晨光裏，東一團，西一團，俯伏蹲踞着，形狀不一。天空被灰色的層雲遮蔽着，看不出今天會不會有好天氣。有幾艘遊艇泊在岸邊，此外潭上毫無動靜，一切好像還在沉睡未醒。偶然，東方出了幾縷朝霞，似乎透露給我們一點晴天的吉兆。

我是浙江人，却未曾遊過西湖，這是一生的憾事。因此看到這一片汪洋浩瀚的潭水，就不免覺得「慰情聊勝無」了。上次住在明潭旅社，下半夜起來，在窗口眺望，下弦月將要出來，山上面的空際漸漸地明亮起來，終於使深暗的潭水變成了空明。想到杜少陵的詩：「四更山吐月，殘夜水明樓。」這「明」字眞用得好呢。……總之，日月潭的秀麗，必須在早、晚、月夜、風和、日暖、花開、鳥鳴，或秋深、葉紅等時候，細心觀察，像我這樣走馬看花似的旅遊，實在不足以盡其十分之一的妙境。多年來生活在鬧市裏，和大自然生疏太久了，「羈鳥戀舊林」，這時候我眞想偸閒在鄉下住上半月一月，一洗胸中喧擾惡濁的「十丈紅塵」。

感想很多，走筆不能盡。

早餐後，車子從日月潭開出，經過水里坑、集集、鹿谷等地方。午前抵達溪頭。這裏我以前已經來過，再走走也不妨。先到大學池，再往看神木。山路已經改善了，但是頗陡峭，路程又長。忽然記起醫生勸告我的話：「不可太疲勞。」因此就慢下來，落在同行者的後面了。江君一鼓作氣，大踏步往上跑。到後來喘不過氣來，還是不得不坐下來休息。

遊人川流不息，看進口處放着不知其數的摩托車，就可以知道假日遊客之多。

通過幽篁曲徑，人就置身在一片古木參天的叢林中。碧綠的濃蔭籠蓋着，不見天日，這深林幽谷，是盛夏避暑最適宜的地點；可惜流水太少，這是美中不足。神木早已半枯，空幹中有許多遊客鑽進去觀望，又從那一邊鑽出來，也有在外面拍照的，熙熙攘攘，十分熱鬧。午飯的時間快到了，我們逗留不久，就跟着嚮導下來了。

午後經八卦山。天氣又從陰轉爲晴暖。每次經過這裏，同遊的旅客都說不要看大佛，所以我一直沒有機會看那座佛像。這次幸虧江君幫我交涉，才能如願以償。

大佛像的前面，陳列着五光十色的攤子，男男女女的遊客紛至沓來，鐘聲佛號，不絕於耳。買票登上大佛的身內，爬到頂端，不料那裏却鎖着，禁止從窗口（大佛的眼睛）向外探望。又在佛像腹部一個神龕裏求籤，求得第七十五籤，籤詩中有「一笑相逢」的話，看了不覺失笑。

傍晚，車子轉道彎梧棲，在九連餐廳吃海鮮，四個人一共花了六百元，雖然未能大快朵頤，也總算嘗過這裏的海味了。

夜裏十點多返抵臺北。到家，蘇芸還未睡。她告訴我說：「有幾個客人來過，留下了一兩張名片。」一切順利。在山間水涯消磨了輕鬆而舒暢的兩天，總算沒有虛度！

（六十五年一月三日夜寫畢）

獨遊梅花湖

逸菴：

日前翻閱你寫給我的舊信，看到兩張狹長的黃黃的信紙，蠅頭小字圓潤娟秀，賞玩了許久。信的開頭有云：

「今晨遊寶壇、靈谷兩寺，過沙門、岑頭而歸。連日脚底心痛，大概因爲路走得太多之故。……」

頓時使我憶起遙遙的過去那些悠閒的日子，覺得眷念不已。

世說新語棲逸篇說：

「許掾（詢）好遊山水，而體便登陟；時人云：『許非徒有勝情，實有濟勝之具！』」

這個典故你當然知道，登山臨水，不但要有豪情逸興，更要有輕健的脚力。我自從前幾年患腿痛，不能走路，痛苦萬分；痊癒後，覺得能走路是世上最幸福者，一有閒暇，就喜歡往山陬水涯走走。清明節那天，我不想留在屋裏過枯寂的佳節，可是却找不到遊伴，只好獨自參加中非旅行社的遊覽車，向南方澳出發。

使人擔心的是「清明時節」的惡劣天氣，況且氣象預告又說：「陰、陣雨。」但是，出人意料之外，那一天不但沒下雨，倒出了太陽。「大家的運眞好！」車掌小姐向我們祝賀，更提高了我們的興致。啪啪啪……大家報以一陣熱烈的掌聲。

車子駛過坪林、礁溪、宜蘭、羅東，向右邊的山腰間彎進去，就到了三清宮。

「何以叫做三清宮？到底是什麼意思呢？」

「這是道敎的廟，所謂三清，就是：玉清、上清、太清，供奉着元始天尊、太上道君、太上老君三位神。」

「哦，原來如此！」

聽到同遊的人在問答。旁人的對話更增加了我的孤獨感，我不好意思跟他們搭話，只是暗暗地在聽。……走進正殿，果然看見三尊大神像，赫然聳立在三面。四壁却是空空洞洞的，沒什麼可看的。從殿前欄杆畔向下面山谷中看，有一泓碧澄澄的湖水，這就是梅花湖，因爲湖的形狀有點像梅花。如今湖岸的四周又種了許多梅樹，更是名副其實了。如果在梅花盛開的時候到那兒遊覽，眞會有身在西湖孤山中的感覺了。我又看見壁上貼着一大張紅紙，歪歪斜斜地寫着植梅者的姓名，每株捐款五十元，有種植十株的，或五株、二株的，他們的雅興似乎眞不淺呢，——其實，總不外要想到神明的庇佑罷了。

湖中近岸處，建着一個亭子，有一條吊橋通過，入口之處，飾以白色的瓷磚，非常講究。這是一個幽異的境地，若在花晨月夜來此，更是適宜，疏枝交映，湖水空明，應當別有一番情趣。可惜車子只停留了三十分鐘，我不能登上湖心亭，一覽全湖的景色。

離開梅花湖，車子開到一個墓地。這裏的墳墓很多，總有一千左右，都用瓷磚砌成，富麗堂皇。正值清明掃墓節，掃墓的人往來不絕，又有小販來湊熱鬧，賣香燭銀紙水果冷飲，擺着臨時的攤位。墳墓上散布着無數小張的金銀紙，這表示已經有子孫來掃過墓了。

中午在南方澳吃午餐。這裏是漁港，碼頭停靠着大大小小的漁船，港裏的水汚濁不堪，水面浮着一層層的油膩，到處發散出魚腥味。魚市已散，只有幾條大魚直挺挺地帶血躺在市場上。薄雲中漏出陽光，未到初夏，已經覺得頗有點悶熱了。

午後一點多，車子從南方澳回轉去，開到礁溪附近的五峯瀑布。

跟着大家，向一座不大高的山拾級上去，走了一會兒，峯回路轉，就看見五峯亭，屹立在瀑布的邊側。亭子裏面，被山風吹來的水沫斜濺着，全是濕漉漉的，弄得無處可坐。這個瀑布，奔流下來的水勢倒也不小，比起梅雨潭大龍湫、廬山……等的瀑布，自然氣派遠不如，然而古人說得好：只要有會心處，不必遠求，卽使是小小的山水，都會覺得清幽可觀。望着這沖瀉不停的水花飛瀑，好像就在眉睫間，使到此的遊人自然心境平靜下來。

我靠在一塊巨石上，仰看飛泉，不覺想起故鄉的名勝山水，充滿着多少的詩情畫意，又想起了昔年結伴同遊的舊友，尤其是你，孤寂的感覺，竟像砭骨的寒風似的一陣陣地襲來。……

我從梅花湖、五峯瀑遊罷歸來，嗒然若失。深夜裏，我寫這封信給你，告訴你我最近的短短遊蹤。滄桑的世事，誰能逆料？……我希望，逸菴，有一天你能夠看見我這封信，而囅然一笑。……目前，我只有期待着。也許，心血來潮時，我還要寫第二封信給你。

你的舊友寫于臺北。

經濟的旅遊

每逢春節，常常是我發動邀約朋友出外遊覽兩三天。今年也不例外，目的地是蕙蓀農場；可是實際上並沒有到那個地方，而意外地臨時改變了地點，結果大家都還玩得不錯，而且特別經濟。下面是春節兩天的日記。發表出來，讓友好們知道我們的遊興不淺。

* *

二月五日（農曆七十年辛酉元旦）陰，偶露陽光。

清早，聽到鞭炮聲，天未亮，卽起來，還不到五點鐘。六點多，乘計程車到中山南路教育部前面，和同遊的人會合。計有吉人夫婦，逸人，項君，趙君，哲生夫婦，連我一共八人。吉人、哲生攜帶三個小孩子，找到了「暢遊公司」的遊覽車，看見車頭玻璃上貼着「合歡山、蕙蓀農場」的紅條子。上車後，我心裏在想：「一直擔心這家旅行社靠不住，現在終於去成啦！」覺得鬆了一口氣。

「司機先生，」吉人客氣地問，「請告訴我們這兩天的行程怎樣，好不好？」

「翠峯——武嶺——合歡山。」

「到不到蕙蓀農場？」

「不去。」

我們向領隊交涉。「因爲蕙蓀農場春節不開放，沒辦法，只得改地點。昨天夜裏才知道，所以來不及通知。」他這樣簡短地回答說。但是我們帶了小孩子，衣服又單薄，如何能上寒冷的合歡山？而且在我們上車之前，爲什麼他們不先說清楚呢？幸虧出發前先問了一聲，不然，遊覽車已經開出了，我們豈不是上了他們的一個大當？

可是他們絲毫不予理會。

「把車子開到附近的派出所去，」最後吉人動火了，「我們要控告你們的詐欺行爲！」

看看勢頭不對，一個胖胖的女經理上車來了。

「那你們到底要怎麼樣呢？」她幾乎要哭出來了。

「要賠償損失」。我打圓場說：「在這正月初一，我們雇不到車子；卽使包到車，也很貴呀！當然，你們該負這個責任。……」

「快下去，我們非要馬上開車不可！」後座有幾個暴躁的遊客激動地喊着。這輛車子裏有一半多是要到合歡山去的。

女經理自知理虧，在不得已的情形之下，願意接受我們提的條件。大家都不想破壞了新年歡樂的氣氛，這場糾紛結果順利地解決了。我們各提了大大小小的旅行袋下了車。

蕙蓀農場無論如何是去不成了，我們只有改變路線。可是，在這交通非常擁擠的新年，到那裏去呢？我建議先到鹿港。有幾個人未曾去過鹿港的，立刻贊成了。

大家推逸人管錢，一切都由他支付。我們搭十二點五十分的中興號到彰化，轉乘客運車到鹿港。

鹿港我是去過的，前次是跟了一羣遊客「走馬看花」匆匆一瞥，這次却是細細觀覽的。陰暗古舊的街道，行人稀疏，荒涼幽靜，使人感到一種淳樸安逸的風味。

民俗文物館是最值得去看的所在。買了入場劵進去，房屋是舊式的，曲曲折折，一座一座地連接着，尙保存着古老民房的形式。陳列品有舊式的床、桌椅、「三寸金蓮」的繡花鞋……，壁上懸掛着名人的書畫、照片、年畫等。其中有一幅，最引起我的注意，我在那裏看了很久，這是民前十餘年(一九〇〇)臺北的街道照片，街上有人力車，下面說明云：「當時富紳及醫生均乘此車。」大概這種車子是從日本運來的，因爲人力車是日本人所首創的。櫃臺內掛着小小的紙傘，一連串十把，大小不同，順序小下去，製作得極精巧，掛起來能平衡，很好玩。我買了一副，七十元。

這裏有一所古老的民房，據說淸朝嘉慶帝曾到過他的家裏，題了「大觀」兩字的匾額，黑地金字。我上次來時，同車的一個遊客，是這一家的後裔，帶了我們去看的，這個匾就掛在中堂的橫梁上。這次無人帶路，沒有機會去。

從民俗館出來，已是傍晚。附近有一座媽祖廟，我們順便進去看看。廟前有一個石碑，記着此廟建造於三百多年前，在明朝時代。還有一座龍山寺，廟宇巍峩，柱棟都用極大的木材，殿前石柱，雕刻精緻，未受到現代化的損害。我和吉人在寺中徘徊觀賞了良久，才依依不捨地離開。

在街上，我買了一包牛舌餅，這種糕餅尚保留着數百年來的風味，甚可口，在臺北的市場上是絕對買不到的了。

夜晚到臺中，宿於教師會館，住在團體房，我在下鋪，睡得還安適。

二月六日晴，時陰。

早上六點鐘起床。吉人帶了一包咖啡來，泡起來，我也喝了一杯，可以代替茶；每天早晨總愛沏一杯濃茶喝，在我已經成了習慣了。太陽出來了，趙在教師會館前面的庭院裏拍了幾張相片。吃完稀飯，乘車到梧棲，這個地方是以吃海鮮出名的。

在梧棲看了一兩處寺廟，距離吃午餐的時間還早，我堅持要到臺中港去看看，他們也只好跟我走。叫了兩輛計程車，講好價錢，來回每輛二百元。車開了不多時，就到了臺中港。有兵士看守着，不能進去，只可以遠遠地觀望。只見一片黃沙，伸展到深碧的海面，據說這些沙都是塡起來的，工程很大。海風淒厲，砭人肌膚，看不到什麼，失望而返回梧棲。

在「新天地」吃海鮮。因爲是新年，客人稀少，餐廳廣大，顯得空洞冷落。我們點了好多樣的菜，較貴的如九孔之類的菜都沒有點，所以花的錢不多，才付了一千多元。

午後，返臺中。哲生本來患着感冒，吉人抱着一個小女孩，都想早點回去，他們五個人搭兩點鐘的車先回臺北。

我和趙、項三人，意興未闌，在臺中公園裏溜了一圈。遊人如鯽，大多數穿着鮮艷的衣服，呈現出一片春到人間的新氣象。攤位上發出廣告的噪音，刺耳欲聾。對着湖心亭，趙替我們草草地拍了一張照片，因爲人潮熙來攘往，沒法兒慢慢地對好鏡頭。隨後從公園裏出來走到街上，趙買了一些筍豆、豆腐乾，打算帶回臺北送人。

六點多，天已昏黑了，回到了臺北，又下起細雨來了，臺北眞是多雨。

夜，追想兩天來的事情，經過的地方，補寫日記。十二點多才睡。

* *

過了一天，逸人來到我家，他把這次旅遊的帳結出來了，除掉一切開支外，每人各退還一筆錢。

「我想不到你倒有總務的才呢，」我收下了錢，對逸人道。

「下次有什麼機會，讓我再來管吧。」他露出得意的笑容，孩子似的歪着臉說。

（七十年二月十日）

遊杉林溪寄逸菴

逸菴：

三年前的清明那天，我到梅花湖遊覽，突然想起你，寫了一封短札給你，希望有一天你能夠看得到，而且打算再寫第二封，第三封……。不料後來消息傳來，知道你已經不在人間了，向風悽絕，思緒紛紜，信也就停下來不續寫了。

可是，每當我到了一個山水佳勝的地方，或在風清月朗的時候，就要想到朋友，一想到朋友，就要想到你。我覺得你好像永遠伴着我，常常和我在一起似的。我從前常愛套管仲的話說：「生我者父母，知我者逸菴。」你眞是我的知己。我要向知心的朋友透露我今年春天的心情。朋友到底跟親屬不同，一個人如果沒有朋友可以吐吐心曲，那會是多麼孤獨，苦悶呀！

這次的目的地是杉林溪，我是帶病出遊的。不知不覺間，我會念出「明年此會知誰健」的詩句，我此時此刻深深地體會到這句詩的意味。我知道悲觀無益，應該曠達一點才對。你說是不是？

多少年來，我總是利用春天的閒暇時節，出去走走，爲的是要避去囂塵俗務，接近純樸奇妙的大自然，讓枯涸的心靈沾到一些滋潤。

我們一行五人，於吉日清晨，登上山水旅行社的遊覽車，自臺北忠孝東路出發。天色是陰沉沉的，希望不要下雨就好。據氣象臺報告：臺北陰，小雨；中南部陰，時晴；……。

中午，車子在竹山停下來，吃中飯。這兒已近溪頭了。菜不好，只有筍，魚，雞等幾樣。我因爲服白藥，食物有忌口，不敢亂吃，幸虧帶了一點逸華齋的燻雞來，拿出來加菜，總算勉強吃飽了。

午後一點多，經過鼠、牛、虎、兔、龍、蛇……等十二生肖彎，到了杉林溪。溪頭多竹子，杉林溪多杉樹，這可以說是名副其實。杉樹的幹筆直向上，葉細小，深碧色，樹梢皆作尖端形，直刺向天空，使得這兒的景色加添了奇峭陰森的氣氛。中午到竹山的時候，天氣很暖和，現在來到這海拔一千六百多公尺的高山中，氣候突然冷了起來，徹骨的寒風，令人瑟縮。旅客們一下車，都縮頭聳肩急急忙忙各去找他們歇宿的地方。錢君穿的衣服太少了，連聲叫冷。我帶了一件風衣，穿起來可以擋風禦寒，在這裏很有用處。

我們住進聚英村旅社三〇三號房間。這是就地取材而建造的木屋，用粗大的杉木做柱子，以黃泥塗壁，薄薄的一層，所以隔壁輕輕的講話，都聽得清清楚楚。上下四個大床鋪（盧君是後來加入的，住在另一個房間裏），木料很堅實，有點粗野的味兒。「哇！一個人睡在這麼大的床上，不免要引起綺思夢想哩。」一個同伴開玩笑說，其餘的默然，不知道他們在想什麼。

三點鐘，導遊帶我們遊青龍瀑布。同車有一位蔡小姐，她是沙漠作家三毛的崇拜者，竟有勇氣單身出遊，剛巧坐在盧君的旁邊，因此就邀她加入了我們的小組。她帶了一個小照相機，自己却不會拍照。幸得逢到徐君，幫着她拍了許多張的照片。青龍瀑布距旅社有兩公里多的路程，我們是走路去的。

霧氣籠罩着山谷，天色變得更陰沉了。我們沿着山坡走，全是碎石鋪的小路，揚起一陣輕塵，眼前的景物越發模糊了。走到一個山坡，導遊指着煙霧迷濛的山崖下面說：「這裏就是青龍瀑布。」只聽到潺潺的水聲，開始簡直看不到一點什麼，後來才漸漸地看出來霧氣中有一條白白的影子似的東西。「它是白色的，爲什麼叫做青龍瀑布呢？」我想問，沒有問出口。

「繞到下面去，可以看得清楚一點。」同遊的有人說。我跟着他們盤旋下去，果然仰頭看見兩三條小小瀑布，從青蒼色的岩石間沖瀉下來，和陽明、烏來的瀑布都差不多。有人在這裏拍照。這樣黯淡的光線，照片一定拍不好。

趙、錢二人都留在山坡上面，沒有下來。我在瀑布下面站了一會兒，幾個遊客都上去了，我覺得太孤寂了，就向原路走回。回來的路是上坡，又是踏着亂石仄徑，而且在高山中，容易氣喘，我走得很累，幾乎要流汗的樣子。五點多回到旅社。

夜裏極寒，幸得旅社裏的棉被又大又厚，也還乾淨。我用熱水洗了脚，就擁被斜倚在床上，覺得很舒適。他們邀了蔡小姐來，圍坐在床邊玩撲克牌，玩不了多久，就停止了。他們均很快就入睡，我只在朦朦朧朧間，時時醒來。山中的寒夜極清寂，似乎一切都給寒氣凝住了。我體味着山中深夜的幽趣，一時不想睡，心裏想：倘若不領略一番，辜負良夜，實在可惜。

第二天清早五點鐘就起床，室外寒氣凛冽。喝了一杯熱開水，增加了一點溫暖。天色漸漸亮了，我和徐君一同出去，沿着溪邊走了一圈。太陽大概已經出來了，這裏是一個山坳，周圍都長着杉木或松柏雜樹，陽光尚未照到這裏來。我想在夏天，這山坳裏不通風，有時候會很鬱悶的。可是今日晴空明朗，滿山蒼翠，草上沾着湛湛的露水，登時使我感到少年時的強健和爽快。

七點鐘早餐，我一連吃了三碗稀飯，怕一會兒後要口渴肚餓，因爲服白藥的緣故，我仍禁冷飲冷食。餐後，遊松瀧岩。我們乘小汽車去，窗玻璃上全是水蒸氣，望不見外面的景色，偶然一扇窗被人打開了，瞥見對面山上一行行的杉林，枝葉上一層薄霜，叫朝陽給融成晶瑩燦爛的露珠，眞是奇觀。那時候始懊悔剛纔不該坐車，應該走路去才對。

下車後，跟着別的遊客向山上陡峭的小徑爬。沿路有「千古紅檜」，只留下一個枯槁的巨根，不復看見它的參天的雄姿了。再上去，看見一道瀑布，跟五峯山的瀑布差不多。最後爬到「地眼」和「天眼」，原來是兩個大岩穴。徐君在「天眼」朝外眺望了一下，拍了一張照片。山徑多碎石，或圓或尖，叫露水給潤濕了，滑得很，一不小心，就會跌倒。下山時我走得很慢。

盧君在路上認識了一個小女孩子，名叫蔡珉珍，十一歲。她穿一件淺紅色的上衣，頭上梳了許多條細小的辮髮，長長的垂在後面，樣子很別致，兩頰又有兩個酒窩，更增加了她的可愛。我們跟她一家人一同走回旅社，有三公里的路，一路交談着，毫不覺得疲倦。這個小孩子的天眞，竟引起了我的體內潛在活力。我和小女孩、盧君三人，在旅館門口一株蟠根老樹的旁邊，合拍一照，留作紀念。

午後，到了溪頭大學池。正是櫻花和桃花盛開的季節，春色爛漫，撩人情懷。在池邊繞了一大圈，這時聽到領隊呼叫：遊覽車在孟宗旅社前面的停車場等候……。這次的遊蹤到此終止，我這封信也要結束了。

在山中過了一夜，我的心境淸淨如水，快然自足，我喜歡這種鬆弛偸閒的生活，我覺得世人未免太擾擾了。……老友，當我一旦逸興再來時，就又會想到你，那時候我會再寫信給你。

（七十一年三月二十九日）

十丈囂塵中寄逸菴

逸菴：

去年春天從杉林溪暢遊回來，寫過一封信給你，轉眼又要池塘草生，萬象更新了。朋友，在此令人增感的季節，我想告訴你一些近況。總括一句話：就是這一年以來我還過得不壞。

我於三、四月間曾經生過一場病，原因是日夜趕着校訂「重編成語典」二校的稿子，太緊張、太勞累了所致。這是舊病復發，病況並不輕，醫生原是要我住院的，而且我也辦好了住院的手續，後來覺得病已轉輕，就改變了主意，向學校和書局請假一星期，一面在家休養，一面仍舊繼續校稿的工作。我遵守着醫師的警告：勿勞累，勿緊張。我約了劉君到家裏來，他眞是我的一位得力的助手。此外，還臨時約來兩個精明的學生，指導她們翻檢書籍，幫着抄寫、整理，每天付給她們三百五十元的報酬。我把住院的費用移在這項開支上面。這一週來，我初次嘗到了病中的樂趣。

我既然不能出門，心也就靜定下來了，只專注於探索校正的工作。又有同伴可以商量，分工合作，煩瑣的工作化爲輕鬆有趣，而且時時有所得，每有所得，就欣然自足，眞有事半功倍的效果。因此我想：日常的生活中，其實處處有情趣；問題是在我們能否向光明愉快的方面去尋找。好友，我這次生病，可以說是「塞翁失馬」，竟得到了意外的更豐富的收穫。這是我自鳴得意的快事，急於首先讓你知道。

我愛住在都市裏，爲的是貪生活上的方便；我又嫌惡都市，只爲它的喧擾不堪。在大都市的茫茫人海裏，我找不到可以談心的人。我雖然愛好沒邊際的郊野，却只能偶爾在假日約一二個遊伴出去走走。在這十丈囂塵中我感覺到的只有枯寂。幸虧我的住家靠近中正公園，這眞是一個鬧中取靜幽美無比的勝地。在這兒，晨昏晝夜，各有不同的景象。

清早，黎明前，這兒的人最多：做運動的，舞蹈的，練瑜伽的，外丹功的，太極拳的，劍棒的，……各種各樣的名目，我簡直搞不清楚。這些人們，有老的少的男女，熙熙壤壤，熱鬧得很。我在早晨比較匆忙，很少有閒工夫，所以不常去。

每當日暖風輕的時候，下午一有空，我的脚步自然而然地就向公園那方面走去了。通過後面左側的角門，便是一條迂迴的曲徑，兩旁都是草坪花壇，翠綠的樹木，修剪得很整齊，錯落地散佈於其間。「你看啊，又是一個新娘子，這裏怎麼有那麼多的新娘子！」有人向他的同伴大聲地說。我抬頭一看，果然在花壇的前面站着一個穿白色禮服的新娘，旁邊一個穿着一套藏青色西裝的新郎，把一隻手擁住她，在擺姿勢，預備拍照。眞的，這兒地方空曠，光線好，又有白色矗立的建築物，清澈的池塘，倒映着垂柳，背景特別美，怪不得每天都有那麼多的新娘來。

我先在各處走了一圈，然後走到左邊一座拱橋旁。這裏有兩個池塘，一左一右，樣子差不多。我常到左邊那個池塘岸上眺望，所以對它比較喜歡，熟悉。池畔竪着一塊石碑，刻着「雲漢池」三個字，字體端正，塗了金。右邊的那個池名我却記不起了。我最愛獨立拱橋上，居高俯視，微風迎面吹來，柳條搖曳拂岸，池面起了細細的漣漪。這池並不深廣，當池水抽乾的時候，露出凹凸不平的淺淺的水泥池底；可是現在呢，看過去倒有點汪洋浩瀚之勢，眞是奇妙。

白天，遊客眞不少。有觀光客，有學生，有一家人，成羣結隊，洋溢着歡樂的氣氛。遊客們把魚食扔到池裏，引得一大羣的錦鯉都來水面爭食，魚身有紅色的，金黃的，斑紋的，白色的，小孩子們看見了突然發出驚奇的叫喊。我混在這些遊客當中，却愈覺得自己孤獨。只有望着天眞的孩子們跳躍狂奔的姿勢，覺得有一股蓬勃的朝氣，使人精神振作。

我登上莊嚴潔白的紀念堂的旁邊平臺，立刻心裏生出肅然起敬的感覺。如果是在傍晚的時候，對着西天血紅的落日，會惹起我洶湧不定的情思；我又會想起古人的詩句：

落日平臺上，
春風啜茗時。

眼前的景物，有點和詩中相似，只可惜沒有茶可喝，不像古時詩人那樣的有那種閒情逸致。

夜晚的公園是富有詩意的，朦朦朧朧的，神祕的，玄冥的，似乎完全改變了白天的面貌：草坪變得更深邃，林木更幽暗，池水更澄碧，曲徑更迂迴，平臺更偃蹇，紀念堂更高聳。……九點鐘之後，士風舞的樂聲停止了，這兒頓時安靜了。也許在黝黑的樹陰底下，有雙雙的情侶喁喁低語，聲音是那麼低微，像是怕被人家偷聽了去。這時候，夜的公園，彷彿成爲我的私人別墅，惟我獨尊，我不禁陶醉於夜的迷幻沉寂之中了。

可是，遇到下雨，就不能出去散步，只好待在家裏。你是知道的，我的交遊不多，又少嗜好，眞不容易消磨這雨天的沉鬱的時光。唯一的良伴，就是書本。但是要找一些輕鬆而可讀的書也並不容易，有時候跑到書店裏，在架上看了大半天，都找不到一本合意的書，後來只好隨便買一兩本算了，免得空手而回。

以前，周學普教授送我一本他所翻譯的「歌德對話錄」，商務出版。你大概知道這本書吧？我很願意向朋友們推薦這本書，我認爲這是一本可讀性很高的好書。作者愛克曼，他追隨歌德，成了他的門人，同時也是他的私人祕書。他和歌德相處九年，把歌德平日的談話記錄下來，對他的生活、思想等都有詳細的描述。我很感謝譯者送我這本書，曾經看了兩遍，很喜歡它。覺得歌德是一個多才多藝而且有着寬大的胸襟的人，有點像我國曠達豪放的蘇東坡，你想對嗎？最近我又從書攤上買到一本朱孟實譯的「歌德談話錄」，譯筆比較流暢，因此我禁不住又要翻閱一下。我翻到一八二四年四月十四日，歌德談到一些反對他的人說：

「此外還有一大批人反對我，是由於在思想方式和觀點上和我有分歧。人們常說：一棵樹上很難找到兩片葉子形狀完全一樣，一千個人之中也很難找到兩個人在思想感情上完全協調。我接受了這個前提，所以我感到驚訝的倒不是我有那麼多的敵人，而是我有那麼多的朋友和追隨者。」你看，他的心胸多開朗呀，我就喜歡他具有這種風度。

另外，我在圖書館裏找到一本梁啓超的「雙濤閣日記」，是飲冰室專集之一種，沒有單行本。我把這本日記影印了一份來，薄薄的只有四十幾頁；翻看一下，才知道是從前看過的，日記的內容已經印象模糊了。這是淸宣統二年從正月到二月兩個月的日記。我向來愛看日記隨筆一類的短文，因此在晚上把它再看一遍。梁氏那時仍然流亡在日本，新民叢報已停刊，正在辦國風報。從日記裏，可以窺見他旅居日本的情況，他是攜了家眷去的。日記的開頭記述他客中過年的情形：

正　月

一日

除夕欲次東波湖字韻爲一詩，迄不能佳，遂棄去。然坐此竟夕不成寐矣。晨起，率兒曹遙祝高堂年禧。禮畢，寫心經一卷以爲親壽。

四日

午後，復過覺頓作葉子戲，十一時始歸。據李註本，校所藏荆公集，盡七卷。

新年自放逸，游戲數日，至今日爲止。一時半就榻，枕上讀有學集。

十七日

昨夜竟夕不成寐。晨間臥聽嫻兒讀書，久之睡去。十時起，寫張遷碑一葉。讀報紙。

梁氏在異國，正月初一率兒女遙向大陸的父母拜年，所謂「每逢佳節倍思親」，實是人之常情。而新年期間，偶然和友人作葉子戲，放逸遊戲，旋卽自責，足見他是一個有志之士，不同於流俗。又梁氏善於寫散文，奔放條暢，下筆不能自休，筆鋒常帶情感，自成一種新體裁；而作詩非其所長，這於日記內可以透露出來。雖然只是兩個月薄薄的日記，而他的眞性情和實際的生活，却可以一覽無遺。這是日記的可貴之處。

逸菴，以上所寫的是我在囂塵紛雜的都市中所過的閒逸生活的一面。——等到風和日麗的時候，我也許又要出外遊覽幾天，……只要靈感一來，我又會給你寫信的。

你的至友于臺北。七十二年十二月三十一日。

消夏夜記

百無聊賴的時候，出去散散步倒是很好的。

早年在家鄉的小村落裏，日落前後，我愛在田野間漫步。曾經做了兩句詩：「衰草含愁色，暮雲竪怪峯。」那時候我的心情是頽喪的。幸賴美妙的大自然給我一些慰藉，使我的少年的心沒有枯萎。

孤獨，沉思，這滋味是苦的，也是淸的。終日在人海裏推移着，會感到擾擾不寧，短暫的遨遊，却能使你的鬱悶得以紓解，緊張頓成寬鬆。

可是生活在都市裏，散步的情趣，常被橫衝直撞的機車破壞無餘了。我想起以前我編大衆副刊的時候，一庵幫着寫「方塊」，他寫過一篇短文，題目現在已經忘了，說：走路時應該怎樣走，如何避開大小車輛，卽使在馬路邊上走，也不可不注意。不料他自己不久却遭了車禍，腦震盪積瘀血，動手術後，雖然已能走動，但神志大不如前，必須賴人扶着走路，可憐數年後終於去世了。

我一向對於機車最具「戒心」。常常警告女孩子們千萬別坐在機車的後面。

「知命者不立乎巖牆（搖搖欲倒的牆）之下。」

我總愛引這句老話。

都市裏既然是這樣寸步難行，幸虧還有公園可以走走，眞是造福市民匪淺。

我住的地區，靠近中正公園。有此「地利」，只要得空，不愁沒地方可溜了。尤其是在夏夜，這是納涼的最好的地方。

人們多喜歡早起爬山，我獨酷愛夜行。古語說：

五更清早起，
更有夜行人。

早起的人，天未亮就起床，出去跑了一大圈，或者練武功，做什麼運動，之後，回到家裏，再補睡一會兒；可是夜行的人，比早起的人更早，走了一大圈，然後回家安穩地睡，一直睡到天亮。二者其實是殊途同歸。而後者在一天的工作完畢後，出去走走，心情更覺得輕鬆。

夜的公園是涼爽的，隱隱沉沉的，燈光從下面照出來，令人起柔和朦朧的感覺。靠着草坪，可以聞到鄉間泥土的氣味。池塘裏，湛湛的波中，除錦鯉外，我想應該還有青蛙、烏龜和水草等。所謂「會心處不必在遠，翳然林水，便自有濠濮間想」，我這時才體驗到。靠在拱橋的白色的石欄上，迎着偶然吹來的涼風，望着渺渺的微明的墨綠色的煙波，波間蕩漾着參差的樹影，襯着淡月細雲，中正紀念堂矗立的尖而圓的頂，……彷彿置身在縹緲的洞天世界。

鄉野間的風是更自然，清涼，而且夜晚常有流螢點綴着；美中不足的是有許多叮人難堪的蚊子，一大羣撲面而來的討厭的飛蟲，揮趕不去。………這裏乾乾淨淨，沒有汚水，沒有垃圾、牛糞，只有清泉、草坪，那裏來蚊子呢？

不斷地有遊人往來，成對的，三五成羣的，或攜帶着小孩子們。可是毫不會打破我的寧靜。我覺得自己是單獨的，無拘無束的，但並不孤寂，荒涼。……

站久了，就循着曲折的小徑走一大圈，走得背上微微地出汗。

這樣的夏夜是舒適的。我回到家裏，拿起茶杯，喝了一大杯涼涼的清茶，靠在籐椅上休息，並沒有打開電視機。

（七十一年八月六日深夜于臺北市）

靜　夜

詩人說：

悲風愛靜夜，
林鳥喜晨開。

我愛低吟這兩句詩，也愛遲滯寂靜的夜。但是都市裏的夜，種種的噪音不絕於耳，近來似乎更變本加厲了，有時直到下半夜，甚至到天亮，還是不能安靜。天亮後，別的噪音又陸續地響起來了。

於是我想起山中的那一夜，那眞是美妙的寧靜之夜！

那個晚上，一直下着潺潺的大雨，簡直像是天漏了似的。三個人已經約好，想要參加一家旅行社的遊覽車，連夜開到阿里山上去。雖然明知這樣的壞天氣難有好轉的希望，但還是下了決心去。坐計程車到了開封街，那裏只有幾個遊客在等車，情況凄清冷落。

九點鐘，車從臺北出發。十一點多到了嘉義，雨更大了，眞是傾盆大雨。車停十分鐘，三人下了車，想要在車站附近買一點吃的東西，可是只有幾個攤子，買不到我們所要的點心之類。燈光裏，只見無數的雨珠在馬路上飛濺，大雨沖散了遊覽的興致。

「雨下得這樣大，」三人之一的吉人君忽然對我說，大雨使他膽怯，他想打退堂鼓，「我怕感冒，會引起我的氣喘病，我打算到嘉義一個朋友的家裏過夜，明天先回臺北。你們兩個上山玩，我不上去了，好不好？」

「也好……。」我聽了雖然非常失望，也沒辦法，只得答應。我知道好多事情是不能勉強的。

說也奇怪，車剛開出嘉義市區，雨就停了。車順利地向阿里山開上去。

「前面有山崩！」有誰帶着驚訝的聲調說。我們的車停住了。從車燈的光中，可以看見前面停着好幾輛的大車。山崩的情形，一點也看不到。

「老天！在這樣的山路上，既不能進，又不能退。」司機在埋怨着，似乎是對天氣，又似乎對山路。「現在只好就停在這裏，等天亮了以後再想辦法。」

「唉，唉！……」車裏有幾人發出微微的失望的歎息。

車內沉寂。旅客們都預備睡覺，旁邊有空坐位的就橫躺下去。我的同伴也在前排躺着睡了。

這時候雨已經完全不下了，空中仍是灰暗色的雲層，偶然透露一些微光。潮濕的路面上，反映出一片灰白色，使得山中的夜顯得蒼白死寂。氣候不怎麼冷，我走下車。這是一條並不怎麼陡的斜坡，蜿蜒着上去，這裏似乎還不到半山腰。路邊，有幾座山胞的古老的小屋零星散落着，彷彿已破舊不堪了。門口有一盞昏黃的燈，放出微弱神祕的光芒，增加了不少夜色中的畫意。阿里山的夜，這才眞正地經歷到，體驗到。這是在露天的山中過夜，和住在設備講究的旅館裏到底大不相同。我應該盡情地領略這荒山中的夜景和幽寂，才算不辜負此良夜啊。

我想着許多許多年以前，山胞們尙在搞人頭祭的時代。假如在那樣的時候，我不得不滯留在高山中過夜，我的心情會是如何地不安和恐怖啊。……

我回到車上，車內是靜悄悄的。我靠在坐位上，懷着一腔虛幻樸野的詩情畫意，墮入了朦朦朧朧的境界中。

不久，我抬起頭來，從車窗看出去，天空漸漸地發白起來，灰色的破布似的雲散開了。這時候，前面的車輛開始前進了，我們的車也跟着上去。可是到達神木賓館的地方(離山頂已不遠)，突然車又停住了。聽說上面的山崩更厲害，這回眞的無法上去了。車頭倒轉，開到山下，停在吳鳳廟前。雨又下起來了。……

我現在翻閱着我的日記，對着那寥寥幾行的記載，追想當時的細節情景，不禁神往。我雖然看不到日出，但却非常慶幸曾經消受山間荒涼沉寂的夜，這是風雨過後的平靜，和平時又是迥然不同。

其實山中並不全然是靜寂的。我又想起昔年在雁蕩山靈巖寺度過一夜的情況。……才睡下去，就聽到外面淅瀝的雨聲，我擔心第二天不能遊大龍湫了，連忙開門出去看，只見星月在天，原來是山風吹動滿山樹葉，發出淅瀝瀟颯的聲音。……可是聽慣了這種天籟，反而又覺得這風聲更能顯得山中的幽寂。王籍入若耶溪詩云：

蟬噪林逾靜，

鳥鳴山更幽。

這就是以蟬聲和鳥啼，襯出山林中的幽靜的境界。「悲風愛靜夜」，也似乎是說夜裏聽着淒厲的風聲，更能覺得荒山裏的夜的寂靜和可愛。

長久住在都市裏的人，耳朵被噪音振聾了，耳邊只覺得擾擾不已，尤其是在夜裏。當這樣的時刻，想起山中的幽靜，林間的天籟，眞不啻是一帖靈驗無比的淸涼劑。

（十月十二日深夜）

風雨過後

今年的夏天，接二連三地來了好幾個颱風。其中安廸颱風最厲害，造成的災害較大，但它初來時聲勢却不大。那天剛巧家裏只有我一個人，我就將門窗預先釘好，因爲前幾年有一次颱風來的時候，曾經把我的臥房的紗門跟玻璃門通通吹到院子裏去了，弄得我手足無措，沒法在床上睡覺；所以這次非事先加以防備不可。入夜以後，風雨越來越強烈了，雖然釘了門窗，一到房屋被疾風震撼的時候，總還是提心弔膽，不能安睡。

不料第二天一早起來，電燈不亮了，就知道不妙，一定是停電了。風雨仍舊未停。天色灰暗，總是亮不起來。停電必定會停水，沒有燈，沒有水，怎麼辦？如此狂風暴雨之下，一個人被禁錮在這所破屋裏，彷彿和外界的一切都隔絕了，又像被世人所遺棄了似的。平時並不怎樣想念親友的，這時候却會無緣無故地思念起來，覺得自己非常孤獨。人究竟是合羣的，離羣索居總是不自然的。

枯坐在家裏多難受，打電話到書局裏問：「辦公室有沒有停電？」回答說：「有電燈。」

「那麽不如到書局辦公室裏看書吧！」我在想，一邊找一本什麼書預備帶去看。隨手拿了一本書，裝在一個紙袋裏。方欲出門，正在穿皮鞋，忽然鈴鈴鈴……電話響了。「……這個時候你還要出去？」聽到一位好友的聲音，「外面的風雨很大啊！」這話提醒了我。再打電話到書局問，工友告訴我還沒有人來上班。我於是決定不去了。抽出紙袋裏那本書——「晚晴老人講演集」，在窗下黯淡的光裏隨便翻閱着。

呼呼！——嘩喇喇！

屋簷上有幾片大瓦飛下來了，落在院子裏的地上，碎了。

好險！我心裏想：如果我正好走出去，被它打着，豈不是就沒命了？……

還是不出門好，待在家裏隨便看看書最安全。

我雖然不信宗教，可是對弘一法師却特別有緣。我很喜歡他的字，還愛看他的「晚晴書簡」，覺得他的文字親切眞摯，感人特深。

偶然在「淨宗問辨」（于萬壽巖講）篇內看到這樣的一段記事：

「溫州吳璧華勤修淨業，……十一年壬戌七月下旬，溫州颶風暴雨，牆屋倒壞者甚多。是夜璧華適臥牆側，默念佛號而眠。夜半，牆忽傾圮，磚礫泥土墜落徧身。家人疑已壓斃，相率奮力除去磚土。見璧華安然無恙。察其顏面以至肢體，未有毫髮損傷。乃大驚歎，共感佛恩。其時余居溫州慶福寺，風災翌日，璧華親至寺中向余言之。」

溫州是我的故鄉，夏季這裏的颱風吹向大陸，若是向西北吹掠，就吹到我的家鄉。我們那裏不叫颱風，民間叫做「風癡」，文人則稱它爲颶風，六、七月間最多。這時我想起風雨侵襲下的小村的情景：稻田被水淹沒了，變成一片汪洋，小船可以在上面划着。連帶地我也思念起一些親人。

東坡和子由兩兄弟，手足之情最深。東坡居士曾經說：數十年來，每當風雨交作，木落草衰的時節，尤其是在夜裏，就要思念兄弟不置。他有詩云：

對牀空悠悠，
夜雨今蕭瑟。

他們以前在風雨之夜，常常對牀而眠，聽着瀟瀟的淒清的風雨聲，他們還可以互相安慰；後來兄弟分開了，於是不勝感歎，悽惻眷念的情思，形於詩篇。

我在這惡劣的暴風雨的日子裏何嘗不是如此呢？

在朦朧中，彷彿浮現出愁容滿面的祖父的影像，（他平常是笑容可掬的，）他在望着屋後一株大樹，當一陣強烈的颶風怒掠過去時，大樹俯伏着，暫時看不見了。

「你看啊，這樣強烈的風要是再來兩下，我這小樓怕保不住了！」他的眉頭深鎖着，用着憂慮而低沉的聲音說。

這座小樓高聳在我家西邊，暴風從西北襲來，首當其衝。這個樓是他自己設計建造起來的，四面都是玻璃窗，朝東横掛着一個長方形的匾額，題着「得月樓」三字。他每天都要登上小樓，親自打掃一番，眞是弄得明窗淨几，一塵不染。……

可是頃刻間，朦朧的幻想消散了。出現在我的眼前，是滿院的積水、斷枝、落葉、碎瓦，呼呼嘯嘯的風雨，陰陰沉沉的天色，半漏破舊的宿舍，發出砰砰響聲的門窗。……

這沉悶洩氣的上半天眞不容易度過。……幸虧，到了下午，風雨止息了，電燈也亮了。一切又恢復了正常。

現在，距離那次暴風雨的日子，已經有一個多月。那次淒涼愁慘的印象還鮮明地留存着，趁着它尚未模糊淡忘時，信手把筆率意寫了下來。

（七十一年九月八日夜）

翠峯湖

太平山很深邃，森林緜延，山徑又崎嶇，匆遽間不容易窺見它的眞面目。翠峯湖，單這個湖名就多吸引人！

顚簸不堪的大卡車開到太平山森林公園下面時，是在午前十點鐘光景。天氣晴朗，大太陽普照着。何君在一個小廟（鎭安宮）前替我們拍了幾張照片。心裏正僥倖碰到這樣的好天氣，哪裏知道將要抵達翠峯湖的時候，霧氣漸漸地濃密起來，氣候突然變冷，下着霏微的細雨來了。

湖在一個大山坳裏，被濃霧籠罩着，完全看不見一點影子。從山頂下去，還得走一大段陡峭的小徑，泥濘滑澾，又是下雨，遊客們好多都裹足不前了。我撐着傘，跟着見習導遊走，小心戒懼地下去一段路；最後有一小段路，雖然只有十多步，却特別陡峻，旁邊又沒樹枝可以拉挽，只有幾株小草，看來並不怎麼堅韌，我怕萬一跌了下去，弄得一身爛泥，豈不是會被同遊者譏笑？而且跌傷了筋骨，也不是小事。想到「樂極生悲」這句古語，我不禁猶豫起來，不敢冒險下去了。但我還是心灰未死，戀戀不捨地逗留在山坡上，看着那個見習導遊拉着草莖艱辛地一步步下去。

一會兒，霧漸漸地變稀薄，竟然消失了，可以望得見翠峯湖，像一面不整齊的多角形的明鏡。湖畔錯落地搭着紅藍各色的帳篷，這是有人在那裏露營。有幾個遊客在湖邊洗手，或者是戲水。有人在山坳中呼喚着，可是聽不清楚他呼喚誰，只聽到斷斷續續的語聲，自幽谷中傳送過來。

後來看見那個見習導遊慢慢地上來了。

「你已經到了翠峯湖畔，你說說看，這個湖，你覺得到底怎麼樣呢？」我急切地問她。

「哦，有點神祕，」她微笑着回答，又向山坳間看了一下，補說一句：「很好玩啊！」

「這個湖有多大？多深？」

「我想……有梅花湖的三分之一大；深呢，我看不出來。」

「那麼水是什麼顏色的？」

「綠色……非常澄清，近岸的地方，現出形狀不同的怪石，却看不到魚，……聽他們說：這湖裏是沒有魚的。」

「湖的周圍那一片地是怎樣的？」我接二連三地問，毫不顧慮人家的不耐煩。

「都是一片草地，」她津津有味，如數家珍似的說下去：「草是短短的，很整齊，好像剪過似的，綠中稍帶白色。……這兒常常有霧籠罩着，一年到頭，下雨的日子很多。……如果在晴暖的春天，會有一大羣的雁飛到這裏來棲息。……」

她的話使我記起雁蕩山的雁湖，連帶地又想起徐霞客遊記。……

這雁湖是在山頂，春歸的雁，常棲宿於此間，故名雁蕩山。霞客的遊雁蕩山日記裏說：他於明萬曆四十一年第一次來遊，到過靈巖寺、小龍湫、大龍湫。但一心想找尋雁湖。那天天氣忽然晴朗起來，他強邀清隱道人的徒弟做嚮導，帶他到雁湖去。可是那徒弟事情忙，只能送他到峯頂，就要先自回去。那徒弟告訴他雁湖在西邊，要越過三個峯尖。他誤信方志上的記載，走錯了方向，却向東峯高處攀登，結果路絕不通。看見南面石壁下有石級，於是解下跟隨他的僕人的足布，連接起來，懸崖垂空下去，到了下面，僅能容足，沒有餘地可通。這時候他看巖下有百丈深，上面的巖壁也有二三丈高，方知身陷險境。他挽着布條要上去，布條又被突出的石鋒割斷，只得再把它接起來，拚命地往上攀援，終於攀到原來的巖壁上。脫險以後，回到庵裏，衣服都破了，尋雁湖的興致也消失淨盡了。他第二次遊雁蕩山，在崇禎五年，相隔已是十多年之後。這次從另一條山路走，比較順利。溯溪北入石門，歷石級北上，翻越山脊，終於看到了嚮往多年的雁湖。但是湖中長滿了草，青青彌望，幾乎成爲蕪田。這景象未免有些使他失望。

我早年在家鄉時，也曾經遊過雁蕩山，果然峯巒聳拔險怪，名不虛傳。但只到過靈巖寺、僧拜石、天柱峯、一帆峯、大龍湫等名勝，絕頂的雁湖太高了，未曾登覽，徒聞名而不能親歷其境。凡山水佳勝的地方，愈荒僻崎嶇難到，則其景愈清幽奇秀，因爲未被俗人所汚染損壞，所以更覺得天然迷人。翠峯湖雖然不在崇山絕頂（海拔僅約二千公尺），但因山徑泥濘陡峭，山中又多逢霧雨，算是比較偏僻荒涼的地區，然而湖水盈盈清澈，不像雁湖那樣被雜草所淤塞，積水日漸乾涸，青青成蕪，這確實是它的優於雁湖之處。

我回頭再三向下面望着迷幻的翠峯湖，懷着徐霞客初次尋雁湖不得的悵然心情，悄悄地離開山頂。

仲夏涉筆

清早起來在院子裏做運動時，抬頭看見簷前一株桑樹，一星期前剪光了枝葉，如今頂上又抽出嫩綠的新葉來，生機蓬勃，眞是可愛。牆邊那株蓮霧也長出了不少的新葉，葉子長而尖，除綠色外，小小的嫩葉帶着淡淡的粉紅色。因爲去年，不，應該是前年，颱風來時，粗大的桑樹枝把簷瓦刮了下來，嘩喇嘩喇地響，瓦片墮地打得粉碎。那時候我正要出門，差一點就被打中了，幸虧來了一個電話，延擱了幾分鐘，逃避過了這凶險的一刻。後來我整天待在屋裏，不敢在暴風雨中經過院子出門。只有南窗前面那幾棵棕櫚樹，聳立於屋瓦上，老是那種超然鎭定的姿勢，經年不改變蒼翠古雅的面貌，狂風暴雨似乎對它沒有什麼很大的威脅。今年夏天，爲了「未雨綢繆」計，先叫剪樹的工人將茂密的樹枝樹葉剪得光光禿禿，以免造成災害。當時以爲剪得太多了，不好看，其實，在春夏季節，草木的生長快得很，不久又會成了蔭。現在，果然長出了許多葉子，不久又會使得院子改觀了。

以前這院子裏靠牆有一株樹幹挺直的高大的番石榴，結的果很甜。有一年刮大颱風，把它拔倒了，枝幹向西傾斜，壓在書房的屋簷上。我捨不得砍掉，找了工人來，想用繩子拉直，只拉得一點點，半傾斜着。不料第二天刮着大西風，竟把它吹正了，後來它自己也生出力量，漸漸地能夠挺立起來。可是第二年強烈的颱風又來襲時，終於連根拔起，因爲它的根已經露出泥土外，不太牢固了。

現在院子裏的桑樹和蓮霧是後來種的，這是我的女兒瞻遠的勞績。眞所謂「十年樹木」，桑樹早已亭亭高出屋簷，蓮霧更是挺拔特立，矗起於牆頭，伸展到東鄰的院子裏，不斷地在那邊落下了許多葉子，使我們有時候不免聽到一些鄰家的低低的怨語。

我對於那株連根拔起的番石榴並沒有什麼眷戀，我知道除舊更新是自然的規律，無法抗拒。我並不貪吃蓮霧，桑葚呢，更是不好吃；我只是愛那清涼的綠陰，在長夏溽暑時節，能使我們的庭院裏增加了不少的涼爽和幽趣。不過我住的這所日本式的房子，幾乎已成爲碩果僅存了，將來如果一旦改建十幾層或幾十層的高樓大廈時，這些樹木都要砍伐無遺。但這些樹木決不會從此絕跡，它們將向適合於它們生長的地方移植，生根，吐芽，重復成蔭，……永遠，永遠……。

* *

忙碌的時候，不免緊張；然而夏天一到，學校要放假了，空閒下來，却又覺得百無聊賴。

想起東坡答賈耘老者書簡有云：

「今日舟中無他事，十指如懸槌。適有人致嘉酒，遂獨飲一杯，醺然徑醉。念賈處士貧甚，無以慰其意，乃爲作怪石古木一紙。每遇飢時，輒以開看，還能飽人否？」

東坡的書信所以讀起來有味，就因爲寥寥的字裏行間，可以眞切地看見他饒有情趣的生活。他的一生其實並不是怎樣快心得意，中年以後碰到多少波折坎坷，被排斥者所憎惡，陷害。幸得他有一副曠達的胸襟，看得開，放得下。而且在那時他雖爲當路者所憎惡，而喜愛他的詩文書法的，倒也大有人在。這是一種大大的安慰。他在答孫志康書裏說：「自惟無狀，百無所益於故舊，惟文字庶幾不與草木同腐。故決意爲之，與決不敢相示也。」他所謂不敢以文章相示，是因爲有人把他的詩文斷章取義，附會羅織罪名，所以他寫了詩文，寧可自己藏着，不敢拿給別人看。他說：必須等自己死後，才可以公開出來。

前面引的答賈耘老書簡所謂「十指如懸槌」，當是俗語，大概是說兩手空着，沒事可做。但他却於無聊中找事做，畫了一幅「古木怪石」的畫，並且贈給他平素敬愛的賈耘老，只因爲耘老非常窮，秀才人情，送他一幅畫，可以娛心，又可以療飢。這封信下面還說明：要是吳興有好事者，能夠每月送耘老米三石，酒三斛，那麼耘老就可以把這幅畫轉贈給他。東坡是一個有名的書法家，這幅畫既然有他的題跋，想必會有好事者想得到它吧。只是賈耘老雖然家中一貧如洗，恐怕也不見得肯捨得賣掉這幅珍貴的畫呢。

尙友錄卷十六說：賈收，烏程（今浙江吳興縣）人，字耘老。以詩聞名，喜歡喝酒。他的家有一個水閣，名叫「浮暉」。東坡常和他交往，唱和詩甚多。有一次，東坡遊佛寺回來，碰到大風雨，泊舟於秐老家的水閣，在那裏避雨。夜裏，他叫僮僕拿着蠟燭，在壁上畫了風雨竹。秐老刻石藏於墨妙亭。秐老一向窮困，東坡特地畫了一幅古木怪石贈送他。後來東坡離開了吳興，秐老爲他造了一個亭子，叫做「懷蘇亭」，以表示懷念好友的意思。……

賈秐老既然對東坡這樣傾倒，哪裏還肯把這幅贈送他的「古木怪石」畫割愛的道理？從這些記事裏，可以看出友情的價值，而尤其是像東坡這樣瀟灑曠達又近人情的人，才值得如此傾倒啊。

閒暇是福。但是須得善於利用閒暇，做一些你所喜歡的「勝業」，才算是「惜福」。倘若一味閒愁萬種，覺得曼長的日子難以消磨，那就太可惜了。東坡的活力最充沛，這於他的小品、詩詞、題跋、書信中常常可以窺見。

（七十三年六月五日）

平等里的涼風

偶然的機會，一個朋友帶我到了這個小小的山上，這一帶的偏僻寧靜，使我特別喜愛，於是一而再，再而三，一連去了三、四次。

我們總是搭三〇三公車，往陽明山上去，到山仔后向右轉，山路狹窄，兩旁雜草叢生。轉了幾個彎，看見一個龐大的圓形物矗立於半空中，那是國際電臺。再轉彎，看見另外一個相背矗立的圓形物。車子再進去一段路，就到了平等里。

這裏是山脊，稍右邊有一條水泥鋪的小徑，旁邊流着汩汩的小溪，看了使人頓生驚喜的感覺。車站對面，豎着幾個「草莓園」「橘子園」「蘭花圃」「菊花圃」……的廣告牌。我想像着當果實成熟的季節，必定會有好多青年男女來採草莓或橘子的熱鬧的光景。

沿着小徑走，沒有多久，就看見平等國小了。因爲是在星期日，所以校門虛掩着。周圍很安靜，也很清潔。

側着身子從門縫中走進去，前面是一大片操場，覺得眼界忽然開闊起來，右邊有一個講臺，結構極其簡單。禮堂和教室都在左邊，是只有二層樓的曲尺形的建築物。聽說這個小學僅有六班，學生數百人，教師七、八人，工友一人。單純樸素，不像北市那些大規模的國小，一走近（尤其在下課時）就像到了一個極大無比的鳥店，陣陣的啁哳叫聒，耳朵幾乎被震聾了。

這次我們同去的是一行四人。同行中的一個朋友認識平等國小朱婉君老師，她是這個朋友以前的學生，現在是該校的音樂教師。今天雖然是星期天，但輪到她值班，待在辦公室裏。他們三人進去看朱老師，我獨自留在操場上。我覺得有點累，而且在士林燠熱的陽光下等車等了將近一個鐘頭，現在很想坐下來吹吹風，涼快一下。

操場右邊下臨幽谷，靠邊種着一排稀疏的矮樹，樹下有一道鐵闌干，闌干底下有狹長的水泥墩，我就坐在那裏休息。我眺望着下面的幽谷，它被一層薄霧蒙翳着，窺不見明晰的景物，幽谷的那一面是一帶生着雜樹的小山，谷中似乎住了幾家人家，但是聽不到鷄犬的聲音。習習的涼風，從山谷那方面吹來，我迎面當之，眞覺得通體舒泰，把久居在都市裏的身心兩面的疲憊，統統消盡了。

「扇風不涼吹風涼。」忽然家鄉的一句俗語從我的腦海裏泛起。扇子搧來的風，或是電扇的風，甚至冷氣機吹來的風，哪裏有天然的風清涼爽快呢？我的幻想倏忽地回到昔日荒僻的鄉村裏了。

我在蜿蜒於田疇間的石子路上走，驕陽曬着稻田、河流，田野呈現一片翠綠，小河反映着閃耀的白色光芒。時間已近中午，我曾經走了不少的路，覺得口渴脚痠，望見前面橋畔有一棵大樹，我急急地向那裏走去。我在樹根上坐下來，這是棵榕樹，雖然不美，但很茂盛強勁，展開它的廣闊的濃陰，供行人歇息。一陣風吹來，樹葉發出沙沙的聲響，河面上起了連續的波紋。這時候我感覺到無比的舒適、涼快，好像喝了一大杯冰涼的清茶。……

傍晚的時候，吃過晚飯（鄉下人晚飯吃得早），臨河的石橇上坐滿了一排人，在說東道西。岸邊有一株高大的樸樹，就像一把大傘似的，遮蓋住這河岸一帶，這裏也是垂釣的好地方。羣蛙閣閣地叫聒着，好像把東方圓圓的月亮催上來。清風陣陣地拂面而過，夾雜着桂花的香氣，這該是中秋前後的季節。……我從幻想中驚醒過來，時間的巨浪不斷地沖瀉着，這已經是很久遠很久遠的夢境了。而今少有機會和大自然接近，使我的感覺漸漸痲木起來，終至瀕於朽謝……。

「啊，您坐在這裏！怎麼不進來喝杯茶？」朱老師從辦公室出來，親切地向我打招呼。

「坐在這裏吹吹風，涼快得很！」我站起來，有點歉意似的，解釋說。「生活在都市裏，連泥土的氣味也難得聞到呢。我眞喜歡這個清靜的地方。」

「初到這裏的時候，」她微微皺着眉，說，「我也覺得地點太荒僻。可是久了慣了，倒歡喜它的單純安靜。而且這些小孩子們也很乖。」說着，她露出笑容，一隻手指着兩個在操場上蹦蹦跳跳的小學生。

「上次我來這裏的時候，」我忽然想起，問，「聞到有一股臭氣。後來知道原來是山坡下面有一個豬欄，養了許多頭的豬。可是今天却聞不到了，這是什麼緣故？」

「哦，」她想了一想，說，「附近是一個豬欄，……大概已經遷去了。當然，學校方面曾經費了九牛二虎之力呢。」

「怪不得不同了！」

於是我有所感觸。我想到宋玉的風賦說得很妙：他說風有兩種：一種是清涼的風，它經過桂樹芳椒之間，翺翔於激流上面，拂過荷花，蕙草等衆芳，吹過玉堂，洞房，清清冷冷，可以瘉病解酒，使人神明體寧，這就是所謂「雄風」；另外一種是惡濁的風，它起於貧家陋巷之間，拂過污水，糞坑，吹起死灰，塵土，經過蓬戶，甕牖，帶來了惡臭汚穢，被它吹到的人，登時嘴唇起疱，生病發熱，這就是所謂「雌風」。……由此可見同樣的是自然界的風，因爲環境的清潔或汚染之不同，而會變爲清涼的風，或者臭惡的風。這一點，古人早已見到了。……

主人慇懃的招待打斷了我的沉思。我跟着他們在敎室外走廊上走了一圈，這時候已經到了下班的時候，我們也要準備搭公車回去了。

我望着那個下班回家的工友，她向操場那一端慢慢地走去，一邊拾着一些枯樹枝帶回家，那種悠閒的姿態，使得厭居於鬧市裏的人覺得無限羡慕，神往。

懷「江南才子」盧冀野

某一天，友人從舊書攤上買到一本線裝藍封面的書，書名「盧冀野少作集」，拿來給我看，我因此憶起冀野（盧前）先生的風貌，懷舊之情，禁不住油然而起。

民國三十一年的夏天，我從鉛山逃難到永安，就在福建音專棲息下來了。那時候這所學校正在風雨飄搖之中，非常複雜且不安定。雙十節前，突然教育部發表盧前爲音專校長，我得到了這個消息，却是驚喜交集：喜的是他是一個文學家，我將有機會可以得到親炙；驚的是恐怕詩人恃才傲物，也許脾氣很大，不容易應付。

在歡迎會中，他出現了。胖胖的身材，略帶紫藕色的圓面孔，頦下留着一撮稀疏的鬍鬚，（學生們背後戲稱爲「山羊鬍」，但是不含什麼惡意成分，只開開玩笑而已。）穿了一身樸素的中山裝。他的聲音宏亮中帶了一點沙聲，益增加了親切感。他以被譽爲「江南才子」的詩人身分，來掌樂教，用瀟灑的態度，熱誠而諧謔的語氣，說了訓詞。

「……要復興民族，必須提倡禮樂。禮是規規矩矩的，樂是活活潑潑的，所以我們須要規規矩矩地活活潑潑，活活潑潑地規規矩矩。」這一段話，引起了下面聽衆一陣輕微的笑聲。

我那時候在教務處兼職，我的熱心服務頗博得他的好感。第一件事就是要我編校刊。我對於編校出版方面毫無經驗，印出後難免錯字紛然滿紙，我自己覺得不好意思。「無錯字不成刊物啊！」他把刊物望了一望，微笑着說。這種幽默的語氣，使我如釋重負，覺得幫他做事，倒並不繁難，他未來之前的那些憂慮，完全消失了。

校長的館舍在東邊一個小山坡上，他把它取名爲練存軒，還作了一篇練存軒銘，在校刊上發表：

國立福建音樂專科學校，在永安縣境南上吉山。傍北陵殿而枕燕溪，風景壯麗。入門，爲講堂五楹，堂後有陂，迤邐東行，拾五十三級梯。林木深茂，蒼翠迎人。其上精舍，則校長宅，盧前實居之。日聚友生宅中，談樂藝。日月雲霞，變幻不常；據几眺遠，窗以外無非山者。而琴音盈耳，昕夕無間。……因誦蔡中郎「琴歌」中語，名其軒曰「練存」，復爲銘，曰：練余心，浸太清。滌穢濁，存心靈。琴之德，是爲名。夙而興，宵以聽。歌則永，絃必鳴；誠所至，揚其聲！前銘之，告諸生。

練存軒常常有學生來，論樂談詞，充滿着熱鬧蓬勃的氣氛。有一個學生拿了一首詞，請他改正。那首詞，完全不協調，字句雜湊，不知所云。這位「江南才子」，眞正名不虛傳，我看他沉思了一會，拿起筆來塗改疾書，經他修改之後，竟成爲一首像樣可誦的詞了。他自己寫作詩文也很敏捷，我曾經有一則「練存軒雜事」記着這情形：

三十一年除夕，「音樂青年」編者至練存軒索詩，盧校長持筆立成二絕，云：「彈指流光便歲除，吉山今夕足軒渠。未須鏡聽街人說，破陣歌成樂有餘。」「嘉賓士女共尊前，細雨燈窗雜管絃。此景他時應不忘，練存軒裏接新年。」盧校長近作「接新年」歌詞，劉大良為譜曲，詩云「練存軒裏接新年」，蓋雙關語也。

盧校長的著作很豐富，我曾經問他哪一本是他自己覺得最滿意的書。「要算明清戲曲史這一本，」他稍微想了一想，回答道，「我替世界書局寫過一本同類的書，後來噁既然又要寫這樣的書，索性好好地用全副心力寫一部！」

明清戲曲史，商務印書館出版，是繼王國維宋元戲曲史之後一部有價值的集大成的書。他的戲曲作品，有飲虹五種雜劇等，都是木刻本，在成都刊行的。吳梅的序曾加品評說：「近世工詞者或不工曲，至北詞則絕響久。君五折皆俊語，不拾南人餘唾，高者幾與元賢抗行！」他也會唱曲，有一次，在會場上對着學生們唱了一闋北曲，大概是從吳瞿安師那裏學來的吧。

他有新詩二冊，（可以說也是他的「少作」之一部分，開頭提到的那本「盧冀野少作集」，所收的只限於舊詩、詞、散曲等。）名叫春雨和綠簾集，開明書店出版，這兩冊新詩集很少有人知道，他自己後來也絕口不提了。中興鼓吹，是他在抗戰時期「詠戰役，作士氣，發皇我國風」的樂章，西南諸省流布至十數萬冊，另有英譯本、歌譜本，是他沾沾自喜而能鼓舞人心的作品。

像大多數的文人一樣，他喜歡晏眠晏起。上午到練存軒去看他的時候，他多半是睡眼未惺忪，露出一副心不在焉的神情。假如遇到月白風清的深夜裏，他會心血來潮，携着他的粗大沉重的手杖，下坡到六角亭（我們的宿舍）來找我們聊天，或者一同出去，沿着溪邊散步。

有一件事情，到現在我還深深地記得，足以證明他有一顆熱烈仁慈的心，而且從善如流。

那是在十一月底，開學已經很久了。那天天氣明朗，秋陽杲杲，照着一片黃黃的操場，我們站在教務處的窗口眺望。

「你看那個青年，」盧校長指着一個在操場旁邊小徑上徘徊，穿一套破舊制服的青年學生，對我說：「看見了嗎？」

「哦，看到啊。」

「這小夥子剛才被我罵了一頓。國立音專的大門，不是隨隨便便可以踏進來的！」說着，他現出有點得意的神色。

「爲了什麼事？」

「他帶了一封介紹信，從桂林來到永安，要進音專。現在上課已經兩個月了，怎麼可以呢？簡直糊塗絕頂！」

「格於規定，自然不可以，」我信口說，「不過，如果他遠道而來，走投無路，會不會消極……自殺？……」

「這一層我倒沒想到，」他的語氣突然改變了，正經而且緊張。「你快點去找他，替他想想辦法。……切不可說是我的意思。」

我連忙跑去跟他聯絡，問他的姓名。才知道他姓葉，是個流亡學生，從桂林來的，路上交通萬分的困難，走了四五個月，才抵達永安。現在住在一家旅館裏，身上已是不名一錢了。經我和校方接洽好，讓他抄樂譜，領些抄譜費，維持生活，又准他住進學生的宿舍。這個姓葉的學生，第二年秋天終於考入了音專。在我的一生中，這總算做了一件小小的好事，事後偶然想起來，心裏還覺得有點自得、安慰。

冀野先生於三十二年三月間赴重慶，從此和他再沒見面了。抗戰勝利後，我在報上看見他寫的一篇「還都頌」，文詞雅麗，可惜我只記得其中的一句「神靈風雨」，這篇文章恐怕不容易查得到了。

許多年前，我在傳記文學裏看到幾篇有關於盧冀野先生的文章，知道他已經在大陸病逝，那時候我就想寫點短文，不知爲什麼，一直延擱下去。但這回居然寫出來了。數十年的悠悠時光，把人的記憶漸漸地沖淡、消散，只剩下這些淡淡的印象，倘若不寫出來，再過幾年，恐怕連這些也會被時光的浪濤所汰盡了。

對聯

民國三十四年間，我在吉山音專任教，寓居六角亭。這本來是一所破舊的民房，暫作教職員的宿舍。院子裏有一株梨樹，樹下有一座六角亭子，在院子中央，正對着大門口。院子裏有許多鷄鴨，也不知道是誰家養的，常常在爭食追逐，發出喧聒的聲音。地上滿是雜草鷄糞，汚穢湫隘不堪。可是居住在這裏的人並不在乎，而且這寓所的周圍，毗連着許多大大小小的茅廁，早晨起來上廁所倒很方便的，風吹來時，帶來陣陣的「米田共」的惡氣，自然也是免不了的。

六角亭住了許多家，我住在第四間，作曲家華白住在東邊盡頭較大的一間，屋外便是菜園、茅廁。他和我很相投，曾經合作寫了清唱劇「大禹治水」。該曲演唱後，先是轟動一時，頗得好評，後來我的歌詞被一個盛氣凌人的「詩人」肆意抨擊了一陣，從此我覺得多一事不如少一事，對於寫作歌詞驟然減低了興趣。

這個學校那時正在風雨飄搖之中，屢次更換校長，兩年中竟換了四個。最後派來的校長是一個法國留學的某君，很洋化，目中無人。人家都說他有點神經兮兮，他對國內的教授一概看不起，預備大大地整頓一番，華白是火氣很盛的人，對學校裏的現狀非常憤慨。一天早晨，他擲給我一張紙條，說是一句聯語，要我對下聯。我向來不善於作對子，這次却頗有所感觸，立即湊成下聯交給他。他看了之後，很滿意，就用他那圓枯瘦弱的字體寫了一副對聯，貼在六角亭兩邊的柱子上：

含垢忍尤混三口飯

引經據典講幾堂書

華白有一個年輕的太太，生了一個女孩子，所以說「三口」；我在音專教國文，正選「樂記」「樂律典」等作教材，學生們只注重西洋音樂，對中國古代音樂理論有興趣而肯用心聽講的，寥寥無幾，我在當時這樣的風氣之下，實在是無可奈何，勉強敷衍過去的。

這對聯一經貼出，就傳開去了。有人背後批評我們說，愛發牢騷，也有人欣賞它，說諷刺得有意思，尤其是下聯。

聽說華白物故已多年，現在提起這副對聯，當年他的于思如戟的面頰，叱咤風雲的豪氣，宛然如在目前，令人追慕不已。

「海韻」的製曲

徐志摩是以詩人出名的，雖然有些人却更喜歡他的散文。他的詩當中，「海韻」是一首長詩，如果以歌詞來說，意境和音節都極優美，可說是一首難得的作品。我偶然聽到一段關於「海韻」製曲的經過，恐怕日久遺忘了，太可惜，現在追憶着，寫下來，聊以供好事的朋友們參考或消遣。

我自知國語說得不好，所以碰着趙元任先生演講的機會，總要去聽一下，這不一定要獲得什麼進步，多半是爲了興趣和好奇心罷了。

那次的演講，時間是四十八年春天，地點在臺北水源路文藝之家，中國文藝協會和中國語文學會聯合舉行茶會，招待由海外歸來的趙元任博士伉儷。

八字鬍，微黑的臉，結實的身材，背略駝，戴着一副金絲眼鏡。這是我初次看見趙博士的印象。

他講的題目是「中國音韻裏的規範問題」。所謂「規範」，據他自己的說明，是比標準更廣泛些，他所講的，是關於詩韻、戲詞、方言、音樂等幾方面的問題。他的國語當然是很標準的，發音很自然，聽起來很舒服。我聽人家的演講，常常有「買櫝還珠」的毛病，那天有一段插話，曾經引起我的興趣，所以許多年後還淸楚地記得，其餘的主要部分反而不留一點印象了。

他提到歌詞、作曲的問題，順便就說到「海韻」。海韻是一首歌曲（見新詩歌集），徐志摩作詞，趙元任配曲。他說：有一天，志摩忽然來訪，穿了一件藍色的綢長袍，風神瀟灑，手裏拿了一捲紙，鄭重地向他深深作揖，要求他爲自己的一首長詩譜曲。打開那捲紙一看，原來是海韻詩。他當時一口答應下來了。志摩非常的高興。但是作曲談何容易，需要靈感，還要先對歌詞有一番了解玩味。他隔了一段時間才配好曲子，可是志摩已經聽不到這首歌曲了。

志摩於民國二十年十一月因飛機失事罹難（卒年三十六歲），那麼海韻這支曲子當作於那一年。這是一首合唱的歌曲，但也可以單取主調當獨唱的歌來唱。作曲者譜成這個曲子後，隔了二十多年，才有機會在臺北聽到這首歌曲的合唱。（在美國只聽到獨唱）這眞是「珠聯璧合」之作，這首歌曲所以在國內很流行，並不是偶然的。

元任先生又說：他譜了海韻的曲子，後來就聽到流言說，海韻裏的那個女郎，就是他的女朋友。……

這時候他的夫人楊步偉女士站起來講話，全場的人們都好奇地靜聽她的意見。

楊女士用幽默的語調先說：他們幾個月之前在美國，因爲要送胡適之先生上飛機返國，不幸遇到了車禍，車窗的玻璃被砸破了，碎片傷了她的臉，結果醫生替她縫了十幾針，現在臉上還留着許多的小疤，變成了痳子呢！她這話引起了會場裏聽衆的一陣哄笑。隨後她才補充說明：「志摩的海韻是爲林徽音而作的，裏面的那個女郎，跟元任無關。」她說這幾句話的時候，聲音很低，我坐在較遠處，幾乎聽不到。

趙元任先生是多才多藝的，聽說他先是學科學的，後來又攻哲學，也搞音樂、文學……，而以語言學最出名。

徐志摩在一篇散文「說『曲譯』」裏（見徐志摩全集第六輯），提到翻譯之難，而對於趙元任的翻譯，佩服得五體投地：

「我一看『曲譯』與『直譯』的妙論，不禁連連的失笑。如此看法翻譯之難，難於上青天的了！除了你不翻原書來對，近年來的譯作十部裏怕竟有十部是糟：直了不好，曲了也不好；曲了不好，直了更不好。我祇佩服一部譯作，那是趙元任先生的『阿麗思奇境漫遊記』。……」（按趙譯書名當作「阿麗思漫遊奇境記」，商務印書館出版。）

徐文原載於民國十八年四月新月第二卷第二號，由此可以推知還在他懇求元任譜曲之前。他的批評一點兒也沒有溢美。像這種的翻譯，更有什麼可說！旣能夠於原作信實無誤，傳達原書的趣味，又能運用活的北平話，眞是難能可貴了。翻譯的書有時被人看不起，就因爲受了濫譯誤譯的牽累。

話得說回來，近年來歌詞和樂曲能夠合之兼美的，並不多見。一首好歌詞應當同時也是一首好詩，要通俗易懂，富有詩趣，又合乎音樂的條件。如「海韻」「上山」……等，確是絕好的歌詞，可惜太少了。這有待於詩人和音樂家的攜手合作，才能達到詩樂俱佳的境界。

趙景深與「青年界」

一想到趙景深先生，就想到他所主編的青年界，一想到青年界，就想到我的初期的投稿。

我那時候用「木孤」的筆名，前後一共寄了四篇稿子去，結果登了三篇出來。可是登出的時間很久，快則半年，慢則一年多。大概因爲積稿太多，而主編的人又想鼓勵誘掖青年，不忍輕易就退稿吧。那三篇稿是：螢、扇、小詩五首。螢那篇小品，現在已經遺失了。

我本來並不認識趙先生，因爲喜歡看他翻譯的柴霍甫短篇小說和安徒生童話，他又經常寫世界文壇消息，是我所關心的，所以也就常常看他編的青年界。

他是四川宜賓人，生於民國前十年（一九〇二）。他的筆名叫鄒嘯，是「趙」字分拆開來「走」「肖」兩個字的諧聲。他在吳淞中國公學教元曲，聽的人滿坑滿谷。我也去旁聽過。他是採取說書的方式，講述元曲中的故事，尖着聲音學女人的口吻，惟妙惟肖。又配以斂衽作揖等的動作，在講臺上走來走去，似乎扮演着不同的角色，使聽者發噱。他的課總是排在大教室裏。

之後，抗戰爆發了，上海成了孤島。他正在主持北新中學。我因了友人的介紹去拜訪他，想在那個中學兼幾個鐘頭的課。

他的寓所在樓上。（在哪一條路呢？現在已經記不起來了。）客廳裏很整潔，一張書桌上放着一個小小的墨水瓶，一支鋼筆，此外別無他物，空空如也。他穿着一件沒領子的襯衣，身材略胖，面色黃黃的，跟上課時所看見的樣子完全不同，而態度却很懇切。他看了介紹信，用着眞摯的語氣對我說明現在沒有空缺，要等以後再說。

「以前曾經有用木孤的名字來投稿的，想必就是你的筆名吧？」隔了一會兒，他忽然想起，這樣問我。

「是的。」我回答着，一面心裏在想：編者是那麼忙，來稿又那麼多，他怎麼會記得那樣清楚呢？

「你還有一篇稿子留在這裏，」他望着我說。「青年界老早停刊了，這篇稿子可以還給你了。」

「啊，許多年了，您怎麼還保存着？」我奇怪地問。

「這是你花了心血寫成的呀！」他認眞地說，說完，他走到後面的書房裏，不到一分鐘的工夫，就拿出幾頁稿子遞給我。我連忙把它塞進我的口袋裏，不敢再看一眼。這篇稿子的題目我如今都忘了。

過後我做了一篇彈詞「新娘嘆」，寄給他，請他介紹到什麼刊物投稿。承他替我潤色了一些詞語，並且介紹給文滙報的副刊，登出了。登出後一看，才知道我的原稿裏有些涉及抗日和民間流行的略微猥褻的詞句，竟被編者删改了不少，這眞是無可奈何的憾事。

聽說在勝利之後，趙景深先生病歿於上海。除了噩耗外，沒有其他的消息。這位厚道可敬的文人的早逝，使我感到無限的惋惜。

他編過文學週報，現代文學。後來任北新書局的編輯，主編青年界多年。他和西諦交往甚密，他們同樣地對中國「俗文學」的硏究都有濃厚的興趣。

他的創作，有詩集荷花，小說集梔子花球。編譯的書很多，據我所知道的，有柴霍甫短篇小說集（八册）、羅亭、安徒生童話集、文學概論講話、中國文學小史、三大文豪、童話論集等。至於他的後期的著述，因爲手頭沒有參考的資料，只好從略。

最近在書店裏看到一種翻印本的中國文學小史，據他自己的序裏說，曾經出到第十九版。這確是一本通俗簡明的好書，能夠暢銷一時，是無足怪異的。

〔附錄一〕

扇

俗語云：「扇風不涼吹風涼。」搧來的風自然不及大樹陰下吹來的南風涼快，然而，在暑天扇却是一件不可缺少的東西。因爲世間得常在大樹下乘涼，如李白那樣「嬾搖白羽扇，裸袒青林中，脫巾挂石壁，露頂灑松風」的人究竟不多。我們大多數的人，不是都迫於生活，不得不在酷暑中揮汗工作着麼？東坡說：「江山風月本無常主，閑者便是主人。」唉！在這個年頭兒，閑實在是極難得的，而且大樹下也不是常有南風吹拂的，在炎熱的正午，「樹梢可以置碗」的時候，在悶人的傍晚，沒有一絲風吹動的時候，倘沒有一把扇在手中揮動着，是何等令人感到難受呀！尤其是農家的婦女，她們做完了廚房裏的瑣事，流得滿頭滿身滑膩膩的油汗，伸開四肢，如猛獸攫取食物似地拚命地揮着扇，這時的快適，雖然不及坐在樹下受着快哉涼風的吹拂，却也很可以舒服一時了。

扇的用處尚不止能使習習風生，夜間驅趕蚊子，也是極好的工具。夏夜蚊子，無處不有，叮人手足，痛癢難堪，在空曠之處蚊香也不能發生效力；化了幾個銅子，買來一把扇，旣能使清風自生，又可驅蚊，減少皮肉的苦痛，免耗膏血，（鄉下婦女多用以代傘遮烈日，這裏姑且不說。）其利益於人誠非淺鮮也。所以無論何人，在夏天決不會吝惜幾個銅子不肯買一把扇子。君不見，便是叫化子也少不了一把破扇麼？鄰居的一個老婦人，生得極肥胖，夏日畏熱，手不離扇，據說在睡眠中也不息地揮着扇呢。像這樣的人，可謂有「扇癖」，與嗜酒愛賭是差不多的。

扇的式樣很多，最普通的爲蒲葵扇、團扇、摺扇、鵝毛扇四種。摺扇雖便於攜帶，却不適於用，特別是那種短骨黑紙的所謂「清涼扇」，扇起來時很難覺得有涼意的。摺扇和團扇的扇面，世俗多喜求名人作書畫其上，否則，便不成爲一把精雅的扇子，上等的人却不喜拿它的。有些人夏日到戚友家，則向人誇示自己的扇子，說是某某名人的法書法畫，於是人爭傳觀，帶扇的本意原是供自己揮拂，却長在別人手中把玩不已，有扇等於無扇，豈「醉翁之意不在酒」乎？在各種扇之中，我最愛蒲葵扇，以其輕而搧涼，且價廉物美。常見有用礬水在扇面上寫着字，放於火上片刻，則現出「拂暑」「消夏」等空心白字的蒲葵扇，覺得很好看，比那些臭名人的書畫實在強得多。唐人詩：「南風不用蒲葵扇。」可見古人多有用蒲葵扇的了。

小兒輩不解扇的用處，但却非常愛扇，八九歲的孩子往往爲扇面着色的國旗，或山水人物畫所吸引，以致寧願節省下數日買糖果的錢，去買一把有畫的摺扇。中國一般小孩缺乏玩具，是不可諱言的事實，近來雖然模倣着外國製造了許多玩具，奈因價昂，中等人家且不肯拿出如許的錢來購買無用的玩具。只有扇子，所費不過十數銅子，且又可以搧涼，不是白糟蹋掉的。吾鄉在端午節，一把有彩色畫的扇子，是親戚家送給孩子們的常例的禮物。一班孩子聚在一起，各各拿出自己的扇子，比賽好壞，又數着別個人扇的骨子，一壁口裏念着：「騙、借、賠、滙，（溫州俗語：從人轉買物曰滙。）偸、送、買、拾。」周而復始，至扇骨數盡時，念到那個字上，便斷定那把扇子是借來的或偸來的或……了。我覺得這種遊戲很有趣味，不知別地也有否？小兒謎語中有一首打扇子的云：「阿相，阿相，辮子三寸長。」這個謎語做得極自然多趣，可算是一首很好的小兒謎語。——一提起這些，使我不禁憶起幼時得了一把新扇時的喜悅的情懷。呵，扇子，你曾掮開了我的沉悶的童年時代的雲霧，給了我一陣不朽的涼風！

西洋人發明了電風扇，當然是比扇好得多了，但只限於富人們享用，中等人家目前尚談不到，更無論一般窮人。扇子，扇子，雖然一到秋涼，你便會爲人所鄙棄，但是酷夏一來，人家又要親切地歡迎你了。

這篇是我的少作。大約作於民國二十三年，原刊載於「青年界」雜誌。現在因爲冷氣裝置很普遍，扇子已被人們所捐棄，將來只能當做玩物來欣賞了。時間相隔五十年，這篇短文裏所說的，已經和現代的生活有些隔閡了。

（七十三年十二月十日編後附記）

〔附錄二〕

「新娘嘆」彈詞

連日報載日本竄改侵略史實，其罪行欲蓋而彌彰，令人髮指！想起行篋中尚存有舊稿，找了出來，附錄於此，使世人有機會知道當年日軍萬惡慘酷的點滴。

那時是抗戰的第二年（民國二十八年），我還留在「孤島」的上海，寫了一篇彈詞叫做「新娘嘆」，寄給趙景深先生，承他替我潤色了一些小疵，並且介紹給文滙報登了出來。那些提到日本兵的以及民間流行稍帶猥褻粗鄙的詞語，都被編者删改了，如「東洋鬼子」改爲「一羣鬼子」，「敵機」改爲「飛機」，……删去的部分，現在已記不得了。憑心而論，在那時的「孤島」上，敢於登這樣的文章的報紙，實在只有文滙報一家，雖然那時文滙報的報社已經喫了一顆手榴彈，在營業部的門口已經裝上一副鐵絲網了。

下面是彈詞的原文。這是我的少作，詞句頗幼稚而且粗俗，可是當時一股沸騰的熱血，時時流露於字裏行間，希望讀者勿以辭害意爲幸。

（七十一年八月二十六日夜）

新娘嘆

【小引】

西諦中國俗文學史第二章彈詞首段云：「彈詞爲流行於南方諸省的講唱文學。在福建有所謂『評話』的，在廣東有所謂『木魚書』的，都可以歸到這一類裏去。」但未曾提及溫州的「唱詞」。溫州「唱詞」亦彈詞之一種。唱時伴以鼓板，以及七絃的「牛筋琴」。它流行在民間的勢力遠在戲文之上。從以詞藻和淫蕩見勝的「倭袍傳」到以通俗易曉頗爲一般農婦所愛聽的「娘娘詞」，唱本約有四五十來部。唱「娘娘詞」時的鋪張，蓋有點和紹興的目連戲相彷彿，須七日夜方唱完畢，廟中陳列紙糊的神怪和「清淨斛食」，婦女拈香恭聽。三四年前，我閒居家鄉，曾經醉心於「娘娘詞」的深入民間的描寫，和樸素動人的詞句。常常幾個人夜裏走了七八里路趕到遠僻的山村去聽「娘娘詞」，聽完詞文，回來時總在一點鐘以後，一路上迎着凜冽的寒風，口裏吟着半生半熟的剛剛聽得來的詞句。自離故鄉，好久已沒有這種心境了。偶看老舍的大鼓詞，不覺技癢，試作「段頭」（係唱「正本」前的楔子）一首，他日暇時，還擬作一長篇「正本」，寄回故鄉供「唱詞人」彈唱也。

【彈詞】

誓抗強暴（原作誓掃倭奴）建聲名，沙場浴血衆年青。貪生怕死恥辱大，敗國亡家糞坑蠅。鄉村婦孺無見識，都道好男不當兵。弟子詞文編來唱，各位大娘細細聽。任你信來還不信，事實昭昭作證明。

書唱窮鄉遠僻地，有一位新婚娘子嘆孤伶。身睏金漆眠床上，翻來覆去睡不成。怨只怨這羣（原作日本）鬼子來作亂，害得儂新婚七夕冷清清。鴛鴦枕頭成雙對，儂的郎君遠出征。家中無有柴并米，小叔一人還年輕。高堂婆婆歲又邁，少年守寡好淒清。貪財土豪敲竹槓，有錢免役賣人情。無錢無勢窮光大，抽作前方常備兵。倘有躲避等情事，縣府拘票到門庭。封了房屋並地產，犯人捉到皮肉青。村中抽着人十個，儂郎君恰在第三名。哀苦求告全無用，缺少銀錢難說情。滿門哭泣聲悲慘，新婚三日便起程。

五更齊集操場上，各村壯丁數百名。狂風暴雨天陰暗，郎君紅腫眼睛隨隊行。一直送到前村外，歸轉空房冷如冰。早到山下去打水，晚來斫柴柴青青。青柴難燒猛烈火，半生半熟飯煮成。小叔年輕性子急，做出一股懊惱聲。儂在娘家嬌養慣，這般磨折那曾經。獨歸內房心悲切，想起寃屈要輕生。轉念夫壻人忠實，暫忍苦頭且吞聲。開門七件常短少，晚下無有火油燈。無顏囘到娘家去，只恐怕隔牆有耳話語輕。郎呀！何日打破賊兵轉，巫山十二峯重登。目前度日如度歲，一夜相思到五更。

一更思郎在空房，立冬節近夜初長。愁靠桌枱胡思想，懶把針線縫衣裳。記只記七月初七黃道日，牛郎織女配成雙。笙簫細樂鑼鼓鬧，花轎來到儂中堂。薰香沐浴都停當，坐對菱花理紅妝。花枝招展出房外，拜別高堂老親娘。爆竹一聲門關閉，離別娘家意倉皇。郎啊，儂是娘邊嬌養女，如今是舉目無親迷路羊。幸喜郎君情義重，恩愛如山豈敢忘。二更思郎犬聲聞，影伴形來一對人。記得洞房花燭夕，鬧鬧熱熱喜盈門。弟兄朋友都來到，眠床之內坐安身。儂家送茶叔伯叫，陌生人前難啓脣。送茶三巡收杯去，散了一班鬧房人。郎攙儂家入羅帳，燈花雙結乾並坤。郎啊，歡娛易盡嫌夜短，寂寞空房難待晨。暗禱老天來護祐，郎君早日歸家門。三更思郎月照窗，枕孤衾寒懶上床。記得鴛鴦並交頸，比目魚兒湊成雙。風流事情人人愛，休怪郎君太輕狂。……郎啊，恩愛夫妻如魚水，失水魚兒活不長。靠天郎君得勝轉，凰求鳳來鳳求凰。思郎不覺四更天，強脫衣衫獨自眠。只見心愛郎囘轉，儂家迎接喜連連。問聲郎君今歸轉，想必×寇（原作倭寇）全滅殲。郎君儘向儂家看，過了半晌未開言。儂家又問郎君道：「為甚臉帶愁容心事牽？

還是外間閒話語，道儂品行不端堅？還是郎身帶疾病？還愁性命不安全？」郎君聞聽淚雙落，未曾開口聲先咽。「我在戰場陣亡久，此後永隔人與天。今夜夢中來分別，若要相逢在黃泉。」儂聞此言放聲哭，眠床驚醒汗濕肩。心神不交多惡夢，想起夢境心頭顫。郎啊，夢人死亡原加壽，願郎長命活百年。舉案齊眉同偕老，強如天府做神仙。五更思郎星漸稀，耳聽村鷄報三啼。渾身無力難翻動，瘦損花容減却肌。遙想郎君在前線，餐風宿露不必提。槍林彈雨中過活，時刻提防有飛機（原作敵機）。慘無人道放毒氣，窒人呼吸無藥醫。濠溝不比安樂榻，頭枕僵硬敵人屍。軍號不比音樂奏，軍令如山誰敢遲？砲彈不比放爆竹，響聲震天黑煙迷。衝鋒不比競賽跑，身先衆卒血濺衣。郎啊，你在軍中多勞苦，儂在家裏好孤悽。儂在家裏思念你，郎在軍中知不知？滿目烽煙關山隔，刀槍砲火無盡期。只恐今生難再聚，莫非前世注定長別離。娘子想到傷心處，如珠眼淚滴滴垂。

慢表娘子淚紛紛，天有不測之風雲。忽聽外面人聲沸，劈劈拍拍聽得眞。又聽婆婆把門打，高喊媳婦下輩人：「速醒轉來速速醒，天大禍事今來臨！一羣（原作東洋）鬼子齊上岸，要殺同胞衆生靈。村前村後人逃遍，十室九空不差分。快快衣服檢點起，婆媳三人早逃奔！」娘子聞聽魂飛散，眠床之內卽抽身。翻箱倒籠尋衣物，恨不得生成千手觀世音。細軟打在包裹內，外房去見上輩人。

不知金鷄報曉天大亮，一輪紅日鮮血明。家家竹籬門緊閉，大路之上無人行。婆媳二人沒主意，不知那處去投奔。吃酒吃肉多朋友，患難中間無個親。言說之間還未盡，來了！那邊來了二強人。轉彎抹角將來到，茅屋前面走近身。嘩啦啦！一對竹籬門打破，兩個暴徒往裏奔。生得濃眉大眼人矮短，走起路來蹣跚行。滿臉橫肉帶殺氣，婦孺看見膽戰驚。可比木頭人一樣，腳跟僵硬重千斤。上天無門地無縫，眞眞嚇壞這家人。躲在門角縮縮抖，牙齒相打篤篤聲。兩個強人內房進，東搜西索不留停。尋到屋後草棚內，捉來雞鴨是家禽。大搖大擺走將去，忽見娘子貌十分。齊聲打着哈哈笑，賊子開口把話論：「奇奇奇，妙妙妙！這位『模斯妹』，肌膚雪樣白，一段好身材。天然不打扮，看見令人愛。不近女肉體，出發到現在。支那美嬌嬌，暫時受用哉。可惜咱兩個，平分不下來，平分不下來！」

惡劇就算兩強人，毒在手裏淫在心。七字難表醜惡事，改唱十字敍眞情。（以下每句十字，每三字空一格，表示唱時稍停頓處。）

那強人 走上前 拉着娘子，嚇得那 新娘子 喪了靈魂。那鬼子 上前去 拖着小叔，可憐見 少年人 戰戰兢兢。擎起那 明晃晃 鋒利短劍，直對着 兩個子 胸膛中心。發命令 叫叔嫂 光着身子，幹着那 羞恥事 白晝奸淫。如果是 不依從 一劍結果，如果是 依從了 露出醜形。叔和嫂 呆立着 失了知覺，任賊子 將二人 剝下衣襟。可憐那 小叔子 年僅二六，好比是 遭受着 慘酷毒刑。可嘆那 大嫂子 良家婦女，這恥辱 比殺戮 痛苦萬分。惹得那 門角裏 婆婆火起，憤怒火 使得她 勇氣加增。手指着 兩鬼子 破口大罵，罵一聲

「殺千刀 禽獸賤人！見一個 壯年丁 拔刀便殺，遇一個 小娘子 獸性奸淫。全不想 到頭來 一敗塗地，那時節 賊強人 惡貫滿盈。拚這條 老賤命 與賊對抗，便死在 刀頭下 也算光榮！」

老娘越罵越有勁，鬼子懂得六七分。無名火高三千丈，額頭凸出三條筋。老樹盤根腳踢起，老娘滾倒地埃塵。雪亮短劍來得快，小叔登時命歸陰。嚇得娘子昏迷去，四肢冰冷臉鐵青。任憑鬼子來擺佈，失去感覺不知情。……國敗家亡慘景象，唱書未盡半毫分！

頃刻婆媳掙醒在埃塵，不見禽獸二賊人。只見小叔臥仆地，一堆鮮血流滿身。撫屍痛哭婆媳倆，想起前情眞寃深。罵聲道：「鬼子呀，可恨鬼子太無理，狼心狗肺假人形。汚辱良家弱女子，毒手殺死童年輕。剩我婆媳人兩個，欲報仇讐未能逞。原來國破家難保，保國卽是保自身。可憐我等無識女流輩，不曉國家大事情。只顧自掃門前雪，那知外寇來欺凌。錯信好鐵釘不打，怨恨男人去當兵。今朝親自身經歷，勝過道聽與傳聞。」

奉告衆位賢娘子，勸你男人去投軍。恢復中華大國土，風調雨順民康寧。小小段頭「新娘嘆」，全國皆兵殺賊人。

感遇

十六歲的那年春天，我因為耐不住故鄉沉悶荒僻的環境，終於衝出了樊籬，到了大都市上海。

有兩個舊同學住在法租界亘潑勒斯路，我就投奔他們，跟他們同住。其中一個朱君，是學畫的，他就讀於附近一所藝術大學。那個學校有許多文學課程，我就選自己喜歡的幾門課去旁聽，記得有康白情教授的詩歌，汪馥泉教授的文學概論，傅彥長教授的藝術論，還有德國教授的德文。

康白情以新詩人出名，出版有新詩集草兒。他是一個瘦弱的老人，聲音很低，上課的時候，多半是念誦着一些新舊詩，引不起我的興趣。汪馥泉教授曾經留學日本。他的長髮蓬鬆，面孔微黑，聲音響亮。他編譯了不少的文藝理論的書，其中較重要者有文學研究譯叢，新文學概論，現代文學十二講等。這些文學理論，沒有留給我特殊的印象。傅彥長教授，雖然是湖南人，也許因為久居於上海的緣故，上課時說的一口道地的上海話，這很特別。當時一般教授講的話，大多數是南腔北調的普通話。而傅彥長教授在課堂上講話的態度，又像平時面對面一般，侃侃而談。他的面色紅潤，個子高，穿一件潔淨的長袍，曾與張若谷等三人合著「藝術三家言」，頗有藝術家的風度。

他是主張爲藝術而藝術的，以爲藝術的本身自有其獨立崇高的價值，不贊成載道派、功利主義、革命文學、標語口號式的宣傳作品。這雖然跟我那時候的思想不甚合，但因他的取材淵博，言詞高妙超脫，對我產生了一種魔力。我還是喜歡聽他的課。

我們的寓所是一間前樓，他們兩人睡一張床，我臨時鋪在地上睡，早上卽收起。我們還得自己燒飯，我不會炒菜，只好打雜，如洗碗、買醬油之類的事。有一次我不服氣，就改派我到菜場上去買菜。我什麼行情都不懂，看見攤上的蔬菜就問：「茭白多少錢一斤？」竟被賣菜的人瞪着眼睛很兇地罵了一句❶，從此不敢再去買菜了，寧願洗碗。有空的時候，我最愛讀蘇曼殊翻譯的拜倫詩「去國行」等篇的中英對照。實在說來，我那時候很懶惰，不讀正經的書。

三個人都窮，小伙食團暫時停止了，各人自己想辦法。我的大哥剛從音樂學校畢業，正到杭州謀事。我一直在等待他的好消息，希望他趕快寄錢給我。不料忽然有一天，他來到我的寓所，神色很憔悴疲乏。他說在杭州找不到事，所以到上海來再設法。

❶ 茭白價貴，當時的菜市場只以兩計算，因爲我問得太外行了，所以挨罵。

「你現在身上有沒有錢？」我劈頭就問。並不是我特別看重錢，而是我怕兩人都餓肚子。

「錢？嗯，一個也沒有！」他拍了拍空袋子。

「你的行李放在哪裏？我們何不把鋪蓋拿到當鋪裏當一點錢，應付目前？你可以跟我一同睡，反正這裏也鋪不下。」他雖比我大六歲，但一遇到困境，往往是我出主意，他老是不斷地用手帕擦着手汗。

「行李放在火車站，還沒有領出來。就是拿去當，還需要車費，才能把它運來啊。」這又是難題。

我們去找一個同鄉蔡某借錢，不湊巧，他也沒錢。總算他好心，肯借一件衣服給我們拿去當，當了兩塊錢作車費，才解了燃眉之急。

現在是謀生的問題，迫不及待。

「你不妨和以前的教授連絡連絡，懇求他們替你介紹工作，行嗎？」我常常有餿主意，向大哥建議。

「找哪一位教授呢？我又不知道他們的地址。」他又是用手帕擦手汗。

我報着藝大的教授的姓名：「周……陳……康……汪……樊……杜……傅……。」

「哦，傅彥長！對啦，我選修過他的課，他對我好像還不錯。……他有藝術家的風度，交際很廣。……」

「快點寫信，寫得懇切一點，」我攔斷了他的話，道，「我明天就替你把這信送去，因爲中午有他的藝術論課啊。」

過了幾天，回信來了。傅教授替我的大哥接洽好，給一家小書店譜曲，是活頁歌曲，每首稿費二十元。在那個時候，二十元不算是小數目，可以維持一人一個月的生活呢。

大哥到底有點才氣，他費了兩個夜晚的工夫，譜成了一首歌曲。送到書店裏，竟被採用了，領到二十元的稿費。高興之下，他花了兩塊錢去買兩張市政府舉辦的交響樂的入場劵，是後排的坐位，帶我去聽音樂演奏。這是我第一次聽交響樂，好像是貝多芬的樂曲。一個禿了頭頂的人在指揮，氣派十足，演奏的人，幾乎全是外國人，只有一個彈鋼琴，女的，是中國人，穿着紅色的旗袍。

隔了兩個多星期，大哥已經完成了第二首的曲子之後，一天，傅教授約我們兄弟二人吃晚飯。在一家廣東館子，也許叫做新雅，他叫了兩客飯，請我們吃，自己却只要一杯咖啡，陪着我們。他說他吃不下，這樣的請客很特別，他的一切，都不同流俗。

「我覺得朋友須是『酒肉朋友』，方才算是眞正的朋友，阿是?」他喝了一口咖啡，用純熟的上海話對我們說。「倘若存了功利的心，友誼就不純粹了。」

聽說他家裏甚富裕，不需要他負擔生活。他自己所得的，全部都花了出去，眞有「千金散盡還復來」的氣槪；沒錢時，就不花。他每天記日記，花出的錢，只將總數記在日記上，如某日花去幾元幾角幾個銅板，却從來不寫細賬，不寫明作些什麼用途。

我們傾聽他的話，只是唯唯，不敢插嘴。

他又說，他喜歡王爾德的作品。他也寫小說，筆名穆羅茶，著有五島大王、阿姊等幾本小說。

「趣時之徒，喜歡搞『革命文學』，我覺得無啥道理。」他帶着鄙夷的語氣說。

「他這話恐怕是指創造社那些人吧？」我心裏想。

「有一個名叫畫室的，你們知道嗎？」他忽然問。

「畫室？……不知道。」

「他曾經從日文翻譯了許多文藝理論的書，糟透了，錯誤百出，貽害非淺。」

我對日文翻譯的書，頗存戒心，是從那時候開始。有的人對日文僅一知半解，就有膽量來翻譯了。後來知道畫室是馮雪峯的筆名，但不知傅教授所說的「畫室」是否就是他？

「傅先生，……您認爲我們該看些什麼書好呢？」大哥這時纔問了一句。

「看歷史書，」他不加思索地答道。「我最近也在讀歷史方面的書。」

看中國史呢？西洋史呢？或是世界史？我不敢唐突發問。

不久，大哥告訴我說：傅教授介紹他去同濟大學附中任音樂教師，月薪八十元，他要搬到吳淞學校的教員宿舍裏去住了。從此他脫離了窮困的生涯，一帆風順。

一個秋天的下午，我因爲急需錢用，搭火車到吳淞，找到大哥所住的宿舍，在二樓，不料他却出去了。

傅教授的房間就在附近，我去敲他的門。他開了門。

「我來找家兄，向他要……一點錢。哪知他不在。……不曉得……您……」我吞吞吐吐地，不好啓齒。

「我手頭也剛巧沒錢，否則末自然先給了你。」他爽直地說。

他隨後就要我同在走廊上看下面操場上學生們打籃球。

「站在這裏看看他們打球，身手敏捷，蠻好看，阿是？」他帶了藝術家鑑賞的輕鬆的風度道。我站着看了一會兒，就告別走了。……

他一手提拔了我的大哥，眞是大哥的恩師；但是我也分沾了他的惠澤，可以說是「感同身受」，畢生難忘。

此後，在茫茫廣大的人海中，我再沒有機會遇見他，甚至再沒有機會逢到像他那樣超逸的藝術家；而且，以後一段悠長的歲月裏，再也沒有聽到關於他的任何消息。

（寫於教師節後一日）

學海三師

「近年來臺灣出版事業之發達是驚人的，出版社一家一家地出現，眞如雨後春筍，但據我的管見和直接間接得來的消息，出版的新書大約有四分之一以上是詹姆士所謂的『垃圾』。這些『東西』觀念模糊或俚俗，文筆軟弱而蕪雜，往往令人『不堪卒讀』；出版它們徒然浪費人力物力。……新書除垃圾而外，有二分之一以上是草料，讀者當成了牛馬。這些『作品』……筆法單調平板，庸俗無聊，總是扯個沒完。像這種缺乏營養、正常人不堪食用的草料，實在以少製造爲宜。算來算去，大約僅有不及四分之一的新書彀得上是精神食糧——所謂精神食糧也者，長短大小不拘，必須讀之令人氣爽或神馳，精神上覺得滿足，故謂『書能下酒』、『字可療飢』；更佳者甚至可醫頭風、治瘧疾，比日本『仁』丹更具妙用。不幸這一類作品出版不多，因爲聽說市場有限。……」

上面一段是傅孝先先生的「無花的園地」一書前面「代序」中的話，大膽而嚴正，對今日的出版界可以說是「當頭棒喝」，痛快痛快！平常我看到一些書，總覺得其中支離破碎言之無物的部分不少，不過徒然欲增長篇幅，使其文字驟看具有洋洋灑灑的氣勢，而實則曼衍無所歸，疊床架屋，不知所云。這確實是一種浪費，其害處尤其在於讀者。我平日寫文章，總想做到不枝不蔓，儘量剷去不痛不癢的浮詞贅語，達到雋永有味而又不流於局促枯澀的境界。（這境界是不容易達到的，我何敢誇口？只是心嚮往之而已。）那些平鋪直敍，不加剪裁，一覽無遺的草率冗長之作，使我頭痛，寧可不看。因此我不但寫得少，看的也少，我不想讓壞書損傷了我的目力。

後來，我又在「聯副」上看到董保中先生寫的一篇「我的老師」，覺得明淨親切，和一般的文字迥異。這樣的文章，才可以說是「讀之令人氣爽」。一般人寫這類的文章，總脫不了一套「諛墓」式的恭維，說他的「恩師」學問怎麼淵博，怎麼誨人不倦，怎麼如坐春風中，怎麼桃李滿天下……。但是一個人不會是十全十美的，良師不免也有小疵，本着「隱惡揚善」的原則，自然只好隱而不寫了。……因此這類的文章往往空泛濫套，瑣碎可厭。董文却不同。他從唐君毅先生的去世說起，回溯上去，說到小時候的家庭敎師，中學時期的老師，大學敎授，香港的，國外的，多至十幾位。有富於風趣的瑣事的描述，有對老師的印象的刻畫，或對老師的敎法、研究和生活情形有所記述，從這許多老師之中，自然有一種比較作用，這誠然不失爲一篇很好的敍事體裁的散文，使我心折稱快。

看了他這篇文章，同時又使我想起從前我的一些老師。雖然自恨沒有機會得到名師大儒的薰陶，通人才子的傳授，但是我之所以有今日，昔日的老師多多少少總給了我一些影響。不過我在此時却不想效顰，將吾師一一寫出，只寫其中印象最深的三位。

最使我懷念的一位是小學時期的戴志明老師。我在另一篇文章裏曾經提到數學老師，他雖愛說笑話而冷語鐵面，學生都怕他，不敢和他親近；戴老師對學生却是熱誠親切，又能夠現身說法，懂得兒童的心理，所以學生多喜接近他。兩位老師從教學上的效果來說，眞是不可同日而語了。

那個學校叫做聚星小學，距離我們的村落有三四里路，要走過兩座石橋，再走一段石子路便到了。從門口進去，是一個小廳，兩邊是兩排教室，中間一個長方形的庭院，院子兩旁種着兩行樹木，一條過道直通到大禮堂。禮堂後面有一株大榕樹，濃綠的樹陰幾乎遮着半個禮堂。右邊是操場，場內有的地方積水成小窪；左邊臨着一條大河，河上常有大小船隻往來。風景不惡，只是多年沒經什麼修治，顯得頹垣敗壁，凌亂荒涼不堪。

戴老師的個子略高，消瘦長方形的面孔，眼眶微凹，目光烱烱有神。上課鐘剛一打過，他就匆匆地一手提着半舊的藏青色的袍襟，一手抱着書本，跨進教室裏來了。

「剛剛吃完稀飯，」他的嘴裏似乎仍在咀嚼，半笑着說，「一聽到鐘聲，我趕緊就來了，怕就誤了你們的功課。」

他於是告訴我們應該「守時」，勿遲到。他自己呢，也從來不遲到的。……

「有機會讀書是幸運的人啊！」他把書放在檯子上，突然不說話了，似乎在回憶。

「老師，從前您家裏的人，讓您讀書一直讀下去嗎？」一個喜歡發問的同學問道。

「這就是我要對你們說的事呀，」他微笑道。「我在小學畢業之後，父親要我去種田，挑大糞，只因爲家裏沒錢給我去升學。我不肯，非要力爭上游不可。讀師範學校是公費的，我就偸偸地去投考。沒錢坐小汽船，我只好連夜走遠路。我的家在鄉下，距離永嘉城有五十多里路，師範學校在城裏，我上半夜動身，預計天亮的時候可以趕得到。我不大認得路，只知道沿着一條大河向北走，準沒有錯。路上黑漆漆的，除了拉縴的船夫外，幾乎碰不到行路的人，冷清清的好怕人啊！那時候是在夏夜，草蟲不住地叫，天空中的星星閃爍着，河水映出灰白微光，這些只有增加了夜間的恐怖的氣氛。我曾經聽人家說：當你怕鬼怪時，也許鬼怪也在怕你。所以只要理直氣壯，鬼怪自會退避，怕什麼？我這樣想着，膽子就大了。東方現出魚肚白的時候，我到了城裏。在路邊攤上買了一個包子，慢慢兒吃着，又買了一碗豆漿喝，怕進場以後口渴。我在校園內樹下草地上坐着休息了一會兒，就跟一羣考生進了考場。不想一考竟考上了！……」這時教室裏傳出一陣讚歎歡笑之聲。

「一個人要有上進的志氣，才有遠大的前途。」他興奮地繼續說下去：「還有，你們不論做什麼事，都必須做到『誠』，不可以自欺欺人。你們要是瞞着家裏的人暗中做壞事，或者對老師說謊，最後終會被拆穿的。古時候有一個人要去偸鈴……就想出妙法，先塞住自己的耳朶，然後拿起鈴跑走，………結果還是被抓住了。記住『掩耳盜鈴』，就是自欺欺人，最後總會失敗的。……」

當我們頑皮不聽話的時候，他就會氣得面紅耳赤，大聲嚷着：「你們再要這樣，眞會把我氣死了啊！」他對我們的態度，簡直像家裏的人一般，特別親切，也特別熱心，這是別的教師所沒有的，這也就是使我們會敬愛他的原因。

戴老師後來升任了縣督學，從此聚小的學生們得不到他那種循循善誘的敎誨，我很爲後班的同學們可惜。

第二位使我懷念的是高中時期的夏老師，他的名字已經記不起來了，只知道他是紹興人，喜歡喝酒。

那年寒假裏，我因爲感到自己的寫作太差，文思枯澀，握着筆常常寫不出來，每以爲苦。所以一面找些文藝的書來看，一面自己擬定了幾個題目，試寫了幾篇文章，寫好了藏在抽屜裏，不敢拿出來給人看。想不到下學期開學，第一篇作文的題目是：「母親的送別」。我覺得頗有感觸，很順利地就寫成了，當堂交上去。等到發還作文簿時，夏老師特別讚賞我這篇文章，說：「繆『文』華的一篇寫得最好。」他把我的名字「天」字唸做「文」字，大概因爲我寫的字太潦草，他看不清楚，同時也可以推測他平時很少注意到我這個平凡的學生，所以連名字都不記得。

同學們聽了都顯出驚奇而懷疑的眼光，有的還把我的作文拿去看了一下，沒有說什麼話，隨後遞還給我。

在這以前，有一位姓向的老師教我們的課，他的湖南口音很重，我幾乎聽不懂他講的話。有一次，他在我的一篇「急就章」的作文後面，批了「完了麼？未免不鄭重其事！」兩句評語，害得我緊張了許多日子，一直對自己生了自卑感。如今突然得到了夏老師的獎勵，使我勇氣大增，從此才開始進入文藝園地的藩籬。我在這裏應該向褒貶過我的兩位老師，深致謝意。

夏老師的個子中等，嘴闊面方，上課時戴着一副黑框眼鏡。他選的教材多是史記那一類的長江大河慷慨激昂的文章，他講刺客列傳、項羽本紀，講得最有聲有色，「風蕭蕭兮易水寒」，「力拔山兮氣蓋世」，壯士悲歌，英雄末路，聽的人沒有不感動。

他住在學校教師宿舍裏，晚上我偶然經過他的房門口，老看見他酒酣耳熱，靠在椅子上吟誦詩歌，聲調是那麼激越悲涼，似乎內心有無限的沉痛，藉着吟詩而發洩出來。可惜我當時沒有膽量走進他的房間裏，向他請益，找機會親炙他，拜讀他的詩文。我那時竟那麼不懂禮貌，（主要的原因還是膽怯），轉頭就走過去了，連招呼也不打。在他想來，也許還會以爲我是一個不知「尊師重道」的學生呢。

新文藝方面，他從厨川白村的「苦悶的象徵」中選出了一段譯文，後面還附一篇莫泊桑的短篇小說「項鍊」。這是我第一次接觸到莫泊桑的作品。這篇小說對虛榮心的諷刺，尖刻痛快極了，寃枉的十年受苦，出人意外的結束，讀後又驚異，又感嘆，使我後來一直喜歡莫氏的數百篇的短篇小說，至今仍然耽讀不厭。

第三位是我在吳淞時期的蔣梅笙教授。在我的記憶裏，他是一位熱心淳樸的教師。

蔣教授是江蘇宜興人，說的是一口帶南方口音的官話，語音響亮，略帶沙聲。他的身體很結實，頭髮還沒有白。穿的自然是長袍，深暗色的。

他的教學方法可以說完全是舊式的，注重誦讀，拿起書本來，大聲朗誦着。讀完了一篇文章，下面的同學有的叫着：「再來一套！」於是他就再讀一遍。下面發出輕微的譏笑聲。他的講解，非常清晰，一篇用典繁富難於讀懂的文章，經他一解說，便渙然冰釋，豁然貫通了。我是很喜歡聽他的講解的。……

可是，出乎我的意料之外，下一週他上課時，却從皮包裹拿出一封信來。「這是一封匿名信，下面署的是『全班學生』，」他抽出一張信紙來，苦笑着說：「但是我相信不會眞是全體的……可能只是少數的。信裏面說：要我勿再發出怪腔。……所以我以後不再在課堂上誦讀了。」

誦讀有什麼不好呢？以前，我在初中時候有一位張次石老師，他擅長於誦讀，音調清越優美，我們都非常愛聽他的朗誦，好像入了迷。一年教下來，使我們背了許多篇好文章，如恨賦、別賦、歸去來辭、髑髏賦、與從弟君苗書、春夜宴桃李園序等。後來換了一位老師，誦讀的音調大不如他，我們因此對國文失掉了興趣。爲了表示對他的不滿，老是把講臺上他坐的椅子弄壞了，扔在教室的窗外。……誦讀是研習中國舊文學的古老欣賞法之一，所謂「諷誦言語」，尤其是韻文，也許一般年輕人已不知其妙處。蔣教授說，「我相信不會眞是全體的……」，他的話是不錯的，至少，我就是不反對他的學生之一。我猜想那批反對他的，必定是聽不懂他那帶江蘇口音的官話的同學們。其餘的，大概也有像我這樣怕生事而不敢說話的同學吧。

「求學必須虛心，」他把信紙裝回信封中，接着說道，「你們才開始聽我的課，怎麼就知道我有沒有學問呢？……要有耐性，好好地聽啊，久了自然有領會。」

講臺下面沒有聲音，似乎無動於中。

考試的時候，他要考我們讀書的心得。記得有一個題目是這樣的：

「弔古戰場文，何段或何句最精采？試爲寫出。」

我想，他在課堂上似乎未講到這一點，那麼要如何作答呢？……哦，有了！我曾經聽伯父說過：「弔古戰場文，一篇之中，『日光寒兮草短，月色苦兮霜白』二句，寫戰場上悽慘的景象，最動人心魄。」「書生」之見，相差不會太遠吧？……我把這個意見寫在卷上，竟得了高分。

談到文學史，他有一次對我們說：「目前已出版的文學史之類的書，充斥市面，不是失之掛一漏萬，就是錯誤百出，……我正在寫一部……可是尚未殺青。」

「噓——噓——噓！……」有幾個同學在下面「噓」他，大約就是寫匿名信的那幾個吧。我那時眞希望他能夠將編寫的著作馬上出版問世，以減少同學們對他的輕視。

抗戰期間，我在永安看見一本「詩範」，作者的署名是蔣梅笙，翻閱內容，非常翔實，於舊詩之源流、體格、平仄、用韻、琢句、欣賞等，無不該備，其中詩式一章，對初學詩的人尤其切用。可惜從前的同學恐怕沒有機會看到了。後來在臺北又看到他的一本「詞學概論」，是民國四十九年他的後裔交給國民出版社翻印的，我特地買了一本來，留作紀念。對於他，不知什麼緣故，我只覺得念念不忘，並且心裏始終替他抱不平。

我自己呢，數十年如一日，一直在教書，雖然平時尚能兢兢業業，惟恐誤人子弟，但是這究竟只是主觀的想法，至於別人的感受怎樣，我不必諱言，有點茫然。而且，每一個人有他的優點，也會有缺點，知我罪我，或者貶我褒我，都在於後來的青年們。

齊鐵老和詩歌吟誦

我認識鐵老（大家都這樣叫齊鐵恨先生），是在中國語文學會開會的時候。鐵老的國語當然是極標準的，我因爲自知國語說不好，所以凡是遇見北平人，總想跟他接近接近。有一次，他在休息的時間，跟人聊天，忽然低吟了幾句詩詞，音調和潤動聽，更使我傾倒。

他的樣子是樸素而親切的，面孔黧黑，剪平頭，留着一小撮的八字鬍。穿的是一襲長袍，好像都是青的。我從來沒有看見過他穿西裝或別的什麼裝。

齊鐵老本名勛，取「恨鐵不成鋼」之意，自號鐵恨，後以號行。祖籍蒙古，清光緒十八年（西元一八九二）出生於北京香山南麓。入香山前面的知方學社，讀完五經。後來考入籌邊學堂，學滿蒙文。畢業以後，任京師小學敎師十餘年。他在敎書餘暇，蒐集了不少的古今典籍，涉覽甚廣。又參加北京首創的國語訓練班，受了汪怡、錢玄同、黎錦熙、吳稚暉諸名家的影響，深知提倡國語的重要，認爲統一語言是建立民主政治的重要條件。民國十二年，到上海，在商務印書館任編審，負責編審有關國語的書刊。臺灣光復後，他應聘來臺北，任國語推行委員會常務委員，經常在電臺廣播國語。又任國語日報董事，兼任師大國音教授。

大概在民國五十年，或者五十一、二年，我記不清了，有一天，一個英語系的學生來找我。

「星期日下午，我們班上要舉行詩歌朗誦，」他用懇切的語氣對我說，「請老師光臨指導。」我教他們班的國文，常常跟他們談有關文學方面的問題，和他們搞得很熟。

「……你們爲什麼不把齊鐵恨教授也請來呢？」我忽然想到，替他們出一個好主意：「請他蒞臨，以北平口音朗誦唐詩，多好！」

他們果然把他請來了。

那天朗誦的，有英詩、中國現代新詩、唐詩等。現在我的照相簿裏還保存一張當時拍的照片。當中道貌岸然坐着的是鐵老，右邊站着講話的是邱燮友教授，左邊仰頭坐在那裏的是我。

「今天，我沒準備，」鐵老謙虛地說，「我不知道要我吟誦詩歌。那天，兩位同學到了我的家裏，只說要我參加詩歌朗誦會，沒有說要我吟誦什麼的啊，……所以我毫無準備。」

「齊老師，您就是沒有準備，也一定吟誦得很好呀！」一個女生嬌聲地說。

黑板上已經寫好了五首唐人的詩：王維的竹里館（五絕），王翰的涼州詞（七絕），杜甫的春望（五律）和聞官軍收河南河北（七律），孟浩然的春曉（五絕）。黑板上涼州詞的作者王翰誤寫爲王維，這在照片裏還可以辨認出來的。

鐵老看了一下黑板上的詩，略作說明。他說他的吟詩的調兒是從兩位老師學來的。

「獨坐——幽篁—裏
彈琴—復—長—嘯—
…………………
…………………」

一首一首地吟誦過去，他的音調是如此和悅優美，使我全神陶醉於其中，彷彿到了忘機的境界。當時別人的感受怎樣，我無暇顧到，至少我自己是這樣地感覺着的。他的吟詩的調兒和我中學時期的張次石老師很相像，張老師的誦讀的美妙音調，曾經使我們全班後生小子入迷。奇怪的是張老師生長於南方，未曾到過北平，怎麼兩人吟誦的音調（不是指字音）會相像呢？……

我問鐵老：「您的詩歌吟誦有沒有錄過音？」他回答說：「只有日本人錄了一套去，國內還沒有。」以前有一個年齡跟我不相上下的北平朋友，是學音樂的，我問他會不會朗誦詩文，他說不會，年輕一點的更不必說了。我認爲音節美的詩文，不經吟誦，總覺得不夠味兒。古典詩歌的吟誦恐怕終於要成爲「廣陵散」了吧，豈不可惜？

後來，有一個美國研究生要學中國話，託我替他介紹一個北平來的教師。鐵老有一個女兒齊永培，畢業於師大英語系，在史丹福國語中心教國語，我就介紹了她。因此，我常常有機會到鐵老的家裏去。一座日本式的房子，靠着植物園的旁邊，環境很幽靜，可惜那條巷是死巷，巷口停着許多垃圾車，破壞了這一帶清幽的境界。

那天是週末，他們家請我和那個美國學生吃晚飯。

「老師，您請上坐！」鐵老用北方人敬師的禮節來款待我。其實我沒有教過永培，可是擋不過他那番誠意的招呼，也只好不再推讓了。那晚鐵老在席上談笑風生，他的話是自然輕快，滔滔不絕，內容又廣泛，海闊天空，竟使得那個美國學生聽了莫名其妙。

「齊鐵恨教授說的北平話，」我們走出了他們家的大門，那美國學生就對我說，「我簡直聽不懂；可是，齊永培說的話，我倒聽得蠻清楚。」隔了一會兒，他又問我：「這是什麼緣故呢？」

「他說的是眞正北平人平常說的話，他的女兒說的是一般人都聽得懂的國語啊。我聽永培說：他父親有時候還會責駡她，說她的輕重音不對呢。」

民國六十年，我們六人合編的成語典出版了，一般的批評尚不錯。鐵老派人送給我一張名片，並附了一千元。名片上這樣寫着：

繆老師大鑒：成語典已經很成功的發售了！前承方祖燊同學送來一冊，覺得很好！今朝曾去電話向該出版書局（復興）接洽，承告以師大已有數百本供銷，那就拜託您優予折扣了！茲送上千元，請為代買精裝本十餘冊。是感！是禱！敬請

教安！

弟名正肅。六月十五日。

寥寥數行，可以看出來他對後進怎樣地熱心鼓勵。他的生活很平淡，不抽煙，不喝酒，不看電影或聽戲，除了散步、種花、澆樹外，就喜歡寫字、逛書店。他尤其喜歡青年，常常把好書贈送青年朋友或學生。我曾經問他「何典」小說在哪家書店可以買到，他說，試試

繆老師大鑒：成語典已經很成功的發售了！前承方祖燊同學來送一冊，覺得很好！今朝曾去電話向該出版書局（復興）接洽，承告以師大已有數百本供銷，

齊鐵恨

住址：台北市和平西路二段四六巷二號

電話：三三四八九七四二

您優予折扣了！茲送上千元

請為代買精裝本十餘冊！

是感！是禱！敬請

教安！

弟名正肅 60/6/15日

看，或者可以替我找到一本。不久，他果然拿了一册小本子的「何典」給我，是啓明書局版，封面上改爲「人鬼之間」。這是他的一個朋友割愛讓給我的，不必付錢。

有一年冬天，他在和平西路散步，突然跌倒了，跌傷了右腿，從此不良於行。我到他的家看他，在臥榻旁邊坐了一會，相對無語。在他緩緩度過的淒涼寂寞的晚年裏，我眞想不出什麼話去安慰他。

六十六年夏天，他終因心臟病去世，享年八十六歲，在他逝世之前，邱燮友兄曾到他的病榻前錄了一段唐詩吟誦，那時候他已經是奄奄一息了，音調微弱，效果不大好，這實在是太遲了，可惜，可悲！三民書局發行的唐詩朗誦錄音帶中，以潘重規教授的吟誦，音節激揚淸越，效果最好；不過潘是安徽人，是以安徽方音吟誦，自然不及北平音更爲普及。總之，當年沒有把鐵老的詩歌吟誦好好地錄下一套來，是極可惋惜的事。

孫衣言兄弟逸事

孫衣言先生是孫詒讓的父親，孫鏘鳴先生是衣言的弟弟，卽孫詒讓的叔父。中國人名大辭典云：

「孫鏘鳴，衣言兄，字蕖田，道光進士，入翰林，……累遷侍讀學士。以言事忤當局罷歸，主講上海龍門書院。善書，有止菴遺書。」

可是根據姜亮夫編的歷代名人年里碑傳總表，知道孫衣言生於嘉慶十九年（一八一四），卒於光緒二十年，享年八十一歲。孫鏘鳴生於嘉慶二十二年（一八一七），卒於光緒二十六年，享年八十四歲。因此可知中國人名大辭典所謂孫鏘鳴，衣言兄」的「兄」字，實當作「弟」字。又孫鏘鳴手寫的「家訓隨筆」云：

「余兄弟三人，兄太僕公，長余二歲（按『二』字疑是『三字』的筆誤），弟子兪，少余八歲。」

這更是一項確證。朱芳圃撰的孫詒讓年譜前面有瑞安孫氏世系表，也明明地列舉：「衣言、鏘鳴、嘉言」三兄弟。子兪卽是嘉言的號。中國人名大辭典誤「弟」爲「兄」，日本大漢和辭典也沿襲其錯誤，這雖是無關重要的細節，却也是應該加以改正的。

衣言字劭聞，號琴西，晚號遜學，浙江瑞安人。道光三十年進士，授翰林院編修。官至太僕寺卿，乞休歸。著有遜學齋文鈔。鏘鳴字韶甫，號渠田（一作蕖田），晚號止菴，著有止菴遺書。他們兩個人都以善於書法聞名。我的老家的廳堂楹聯，大多數是琴西先生的手筆。我記得堂前有一副對聯云：「大翼垂天九萬里，高松拔地三千年。」瘦硬勁健的柳公權體，就是琴西所書寫的。其餘的對聯，現在只能記起半聯斷句，記不完全了。

我家中堂上邊有一個匾，寫着「玉蔭堂」三字，每個字約二尺見方，黑地金字。右邊題着「光緒甲辰」，左邊是「孫衣言書」。有一次，家裏來了客人，聚在中堂聊天。突然我的一個表哥仰頭望着那個匾額，說道：

「奇怪，怎麼這『玉蔭堂』三個字，側筆取姿，不像琴西先生的字，倒像是蕖田先生寫的字呢？」

「你們不知道這其中的底細，」當時有一位博聞的姑丈在場，他指着「玉蔭堂」的匾額向我們說明道。「琴西先生最擅長寫楹聯那樣大小的字，不善於榜書。所以這『玉蔭堂』三個大字是他叫他的弟弟代寫的，却由他自己落款。」

「怪不得一般人看不出來！」

「還有，」姑丈又補充道：「蕖田先生的字是學蘇體的，『玉』字寫得太攲側了，而且『玉』字筆畫少，不相稱，後來又叫一位姓薛的補了一個『玉』字。現在看起來，這『玉』字端端正正的，和『蔭堂』的用筆顯然不同呢。」

「原來如此！可見筆法到底是各人不同的啊。」表哥若有所得異常高興地道。

我的祖父喜歡收藏名家的書畫，於孫氏昆仲的墨蹟收藏特多，但如今恐怕都已散失，就連那塊匾額是否無恙也不敢說了。前幾年，我曾經看見故宮刊物上載着孫衣言和琉球使臣筆談的筆蹟，衣言寫的是行草，有黃山谷的家書體，瀟灑自如，琉球使臣寫的是正楷。可惜我的手頭沒有這資料，沒法影印出來供讀者欣賞。可是，這次却走了幸運，獲觀前面已提到的鏘鳴先生「家訓隨筆」的手蹟。

這「家訓隨筆」藏於其後裔曾孫孫鐵齋兄家，承他慨然借給我觀賞，眞是難得的機會。它一共有九葉，寫在八行紅直格的日記本子上，墨色黯淡，而仍然頗見純熟遒勁的筆力。「家訓」寫於光緒丙申（二十二年），是在他八十歲的晚年寫的。前面有一段小引云：

「余年八十矣，瓦霜風燭，餘生幾何！兩目近又加眊，看書遇字小墨淡者，竟糢糊莫辨，過此恐昏花益甚，不能作字。乘茲一隙之明，舉所欲留訓子孫者，思慮所及，隨筆書之，用付省覽，期於寡過，勿墜家聲云爾。時光緒丙申元正十四日。」

他對於讀書主張要有心得，要能實踐。「家訓隨筆」開頭就說：

「做人道理，四書六經言之詳矣。苟能身體力行，隨時隨地反觀內省，上之可爲賢爲聖，下之亦不流爲小人之歸。保身保家在此，他日建功立業亦在此，切勿書自書，我自我也。」

他推重宋儒。視學廣西的時候，嘗刻近思錄一書，分給優等生員。他說：

「大約做人道理，多看宋儒書有益。近來重漢學，薄宋學，人心風俗日壞矣，可歎。」

他在下面很詳細地記載考試的事情：

「幼與太僕同學，出就外傅則同師。十三歲同應童子試，兩試俱黜，十六歲縣試，兄第一，余第五，府試，余第一，兄第四。明年院試，余復第一，兄第三。……學使爲陳碩士侍郎，極賞余池塘生春草之起句：『東風吹夢斷，芳草已離離』。謂有方家筆意。……」

他先中進士，而他的哥哥竟遲數年纔中，他說：「兄於時文功最深，乃……遲余七科而後中，不可解也。」

他們兄弟之間，手足情深，互相關心，幾乎相依爲命。他們在北京候試期間，因爲旅居不易，各覓館以資餬口。他在「家訓隨筆」中說：

「兄館於漢軍季氏宅，在西四牌樓之北，余館於米市胡同廖氏，相去幾二十里。一日早起，季氏人來言：兄夜間爲煤氣所中，神色有異。余聞之，躍而出，躑躅行里許，始就車，又恐驢之不速也，復下車趨，蹎仆者再，仍上車行，及至季館，兄已平復啜粥矣，相見且悲且喜。又一日，余病疫，兄日出城來視，稍劇則留住余館，延醫量藥，夜不解衣睡，調護甚至。蓋我兄弟相依爲命也。」

「家訓隨筆」的後面似乎未完，而且有的地方漫漶模糊，字跡很難辨認，大概是他的眼睛昏花時所寫的。

蕖田先生的止菴遺書我未看到，瑞安書法家池志澂（雲珊），自言是他的弟子，曾經寫了好些他的老師蕖田先生的詩，都非常佳妙。我以前記得好幾首，現在都忘了，只剩一首「題菊」詩，茲錄在這裏：

「老去情懷不識春，寒花氣味卻相親。可能移贈枝三兩，來伴東籬落莫人？」

這首詩的意境高妙，我非常喜歡吟誦它，覺得不減宋人詩的沖淡風味。我希望將來有機會能夠讀到止菴遺書，我相信其中必定有許多佳妙的詩篇，供我們後人吟味欣賞。

家訓隨筆

[illegible]

孫氏家訓

一本百讀不厭的書

——蘇黃尺牘——

顏氏家訓雜藝篇引江南諺語說：「尺牘書疏，千里面目。」咱們中國人向來很重視書信，魚雁往來，加意潤色，所以歷代有許多精鍊佳妙的書牘流傳下來，供後人觀摩。

一個人平常的生活裏，你想能夠避免通信嗎？我從小就常常遇到寫信的窘擾。四嬸經常叫我替她寫信，她念一句，我寫一句，夾雜着好多土話，有時使我寫不出字來。寫好後還要念給她聽，再修改，補充。這是極乏味的差事。叔父、伯父也會叫我寫信或抄信，使得我不知所措，總是糟蹋了許多張的信紙，才勉勉強強「交了卷」。

養成接信馬上就覆的習慣，會使你的前途更平坦光明。我的長輩之中，有一位姓郭的，性急而口吃，他接信後必定卽覆，從來不擔擱，他在一家書局裏任職，很受人家的器重；另一位姓蔡的，不但寫信敏捷，而且書法娟秀，他在郵政總局任祕書，頗勝任愉快。如果你有事請託要人，與其登門拜訪，有時候不如投書一封，效果更大。因爲要人們一定很忙，不喜歡有客打擾他，可是一封得體的信，往往使他大爲讚賞，投書者因此也就能如願以償了。

我雖然知道書信的重要性，但是在浩如煙海的衆多書籍中，却苦於找不到合適的雅俗共賞的尺牘，供自己揣摩。秋水軒尺牘太俗氣，曾文正公家書太囉唆，有的太深奥，有的不合用。探索了一個時期，後來偶然得到了一册「蘇黃尺牘」，這本書很合我的胃口，從此它就插在我的書架上，或者放在我的案頭，達數十年之久。

這部蘇黃尺牘，其中當然以蘇東坡尺牘比較重要。蘇東坡尺牘選了三百九十多則，（東坡集內書簡總共將近有一千則，）黃山谷尺牘只選了一百三十多則。我所有的一個本子是大達圖書供應社刊行，民國二十三年出版。讓我先談東坡的尺牘。

最使我歎賞的，是他的詞句的峻潔和意境的美妙。例如與徐得之書云：

昨日已別，情悰惘然。辱教，喜起居佳勝。風雨如此，淮浪如山，舟中搖撼，不可存濟，亦無由上岸，但闔戶擁衾耳。想來日亦未能行，若再訪，幸甚！

徐得之，名大正，是黃州太守徐君猷（大受）的弟弟，東海人。元豐八年，東坡正好五十歲，他那時離開黃州，要到登州去。徐得之對他的友誼非常深厚，追送到淮上。不料遇到了大風雨，船不能開行。上面所引的這封信是他阻風在船裏寫的，只寥寥幾句，把在狂風暴雨的孤舟中搖盪沉悶的情景表露無遺，使收信的人有如身歷其境的感覺。這便是佳妙處。

當你接到一封語無倫次字跡潦草而惡劣的長信，你會不會皺着眉頭？尤其是事務冗迫的人，哪裏會有耐性看這滿紙塗鴉的信？記得讀者文摘某一篇文章裏提到，有一個人去應徵報館記者的職務，去信後未得消息，於是又寄去一信，只一句：「前所應徵的工作好不好？」總編輯看到這封短簡，就決定了用他，因爲一個記者非直截了當不可。可見寫信有時宜簡明，切忌拖泥帶水，無病呻吟。

其次是東坡常從平日的生活中尋覓情趣，因而他能夠隨遇而安。如他答秦太虛（觀）書：

五月末，舍弟來，得手書，日欲裁謝，因循至今。遞中復辱教，感愧益甚。比日履茲初寒，起居何如？……初到黃，廩入既絕，人口不少，私甚憂之。但痛自節儉，日用不得過百五十，每月朔，便取四千五百錢，斷爲三十塊，掛屋梁上，平旦用畫叉挑起一塊，卽藏去叉，仍以大竹筒別貯用不盡者，以待賓客。此賈耘老法也。度囊中尙可支一歲有餘，至時別作經畫。水到渠成，不須預慮。以此胸中都無一事。所居對岸武昌，山水佳絕。有蜀人王生在邑中，往往爲風濤所隔，不能卽歸，則王生能爲殺雞炊黍，至數日不厭。又有潘生者，作酒店樊口，棹小舟徑至店下，村酒亦自醇釅。柑橘椑柿極多，大芋長尺餘，不減蜀中。外縣米斗二十，有水路可致。羊肉如北方，猪牛麞鹿如土，魚蟹不論錢。……太虛視此數事，吾事豈不旣濟矣乎？欲與太虛言者無窮，但紙盡耳。展讀至此，想見掀髯一笑也。……夜中微被酒，書不成字。軾再拜。

這封信原來很長，大約有八九百字。他的文章可長可短，眞所謂如流水無定，常行於所當行，一日奔瀉千里無難，而止於不可不止。你可以看得出他處於窮困的時候，如何能適應環境，自得其樂。他把自己的生活寫得如此委細詳盡，如娓娓而談，使你讀來絕不會枯燥無味。

又如與廣州太守王敏仲（古）書云：

羅浮山道士鄧守安，嘗與某言：廣州一城人，都飲鹹苦水，春夏疾疫時，所損多矣。官員及有力者，得飲劉王山井水，貧下何由得？惟蒲澗山有滴水巖，水所從來高，可引入城。若於巖下作大石槽，比五管大竹，續處以麻纏漆塗之，隨地高下，直入城中，又爲一大石槽以受之。又以五管分引，散流城中，爲小石槽，以便汲者。不過用大竹萬餘竿，大約費數百千可成。……則一城貧富同飲甘涼，其利便不待言也。……敏仲見訪及物之事，敢以此獻，秉乞裁度。如可作，折簡招之可也。……

那個時候東坡在惠州，王敏仲從廣州來拜訪他，問及當地應宜興舉之事，所以東坡寫這封信給他，提出鄧道士的引水入城的辦法。東坡對於水利方面本來很在行，況且他又有一副利民博愛的熱心腸，他在杭州西湖築蘇隄，使得湖山生色不少，貧富同得享受，其動機也是一樣的。後來王敏仲果然聽他的建議，用竹管引滴水巖的泉水入廣州城裏，於是他又有一封信補充說：

聞遂作管引蒲澗水，甚善。每竿上須鑽一小眼，如菉豆大，以小竹鍼窒之，以驗通塞。道遠日久，無不塞之理。若無以驗之，則一竿之塞，輒累百竿矣……

你看，他的文字當繁時却不減省，洋洋灑灑，把極煩難的事，敍得如此明白，如此周密。一個有才氣的作家，方能小大由之，長短無不得當。

山谷的尺牘，風格又不同，然而也是很精妙的。他們都是承接着魏晉以來書牘的精華，而加以發展，使於佳妙的詞語之外，更充實其內容，更切於實用。

山谷與洪甥駒父書云：

駒父別後，悃然者累日。雖道途悠遠，鴻雁相依，頗不索漠。黃州人來，得平安之音，甚慰也。即日想安勝。……尺璧之陰，當以三分之一治家，以其一讀書，以其一爲碁酒，公私皆辦矣。玉父若且留黃，亦自佳，不知能如此否？

這一類的信，眞摯自然，有親切之感，也可作格言讀。鄭板橋的家書氣味有點相近，但態度比較疏放粗野。

又與王立之承奉書：

筆十五，墨一，皆自用佳物，以公留意翰墨，故以相奉。硯偶留局中，不攜來，他日送上。來日恐子瞻來，可備少紙，於清涼處，設几案陳之。如張武筆，其所好也。來日午後，亦一到館下。某頓首上。

在這封信裏，我們可以看出他很敬重東坡。他常稱贊東坡的書法，在另一則信裏說，「東坡書千變萬化。」王立之大概想求東坡寫字，所以信裏說到備紙筆設几案的事情。

此外，還有些極輕鬆閑逸的短簡，耐人尋味。玆錄與王君全書一則於下：

旦來，伏想輕安。細事瀆煩：有一紫竹轎子，未有竿，欲乞兩枝飽風霜緊小桂竹，又須時月無毛病者，便得之佳。或無爲乞鄰，不嫌似微生高也。

總之，蘇黃尺牘不是一部普通的尺牘，它包括寫作者的生活、感想、人事交接等片段的記錄，可作小品文讀，可作散文詩讀，也可作應用文讀。我時常翻閱它，胸襟爲之開朗，覺得獲益不淺。

如何校訂舊小說

中國的舊小說數量甚多，有價値的也不算少，咱們應該僅僅把古本的小說加以影印呢？或須再加整理、標點，以及校訂呢？我以爲影印古本，在研究方面是有價値的，缺點是篇幅長，不經濟，又不普及。經標點校訂印行的小說，較便利於一般的讀者，而且字體清晰，所佔的篇幅反而減少，所以銷路比較好。當然，標點校訂的工作，必須極其愼重從事，否則流弊很大，使原本的小說喪失了本來的面目。

一般校對小說，不像校勘經史，校者往往態度不嚴肅，喜歡改竄文字，任意增刪。從明淸以來，多是如此。如果你蒐集了許多的版本，對照一下，就會知道出入很大。假如想作校勘記，非常麻煩，若遇整回不同，除了附錄全回外，更沒有別的辦法。因此一本通俗的舊小說，最好是以一部古本作底本，再以其他的善本校勘，總以不失原書的眞面目爲原則，這種本子便於欣賞，易於流行。

古本、佳本舊小說難得。尤其是在此時此地，更加困難，眞所謂「可遇不可求」了。

但是古本、佳本的小說，仍然免不了有錯字。例如儒林外史第一回：

危素歎道：「我學生出門久了，故鄉有如此賢士，竟坐不知，可爲慚愧！」（嘉慶丙子——二十一年——藝古堂本）

這個「竟坐」的「坐」字頗費解。同治甲戌（十三年）齊省堂增訂本也作「坐」字。光緒辛巳（七年）上海申報館仿聚珍版本作「竟然不知」，已經把錯字改正過來了。

又如儒林外史第五十一回：

鳳四老爹道：「……你們替我把桅眼了，架上櫓，趕着搖回去。」（嘉慶本）

……「……你們替我把桅眠了，架上櫓，趕着搖回去。」（同治本）

……「……你們替我把桅豎了，架上櫓，趕着搖回去。」（民國三十七年十六版亞東圖書館標點本）

「把桅眼了」，「眼」字是錯字，所以這句使讀者如「入五里霧中」，搞不清楚。同治本作「眠」字是對的。按元稹遭風詩：「後侶逢灘方拽簉，前宗到浦已眠桅。」通俗編器用類云：「舟人諱倒桅曰眠桅。」船家忌諱，不說倒桅，而說眠桅，「眠」有平平放下之意。若遇逆風，既不得張帆，有時並須把桅放倒，以減少風的阻力。上面所引的一段，是敍述因爲要追回被偷去的銀子，把船快快地倒風開回，所以叫船家把桅放下，搖櫓追趕。亞東本的校者不明白「眠」字是何意義，望文生義改爲一個「豎」字，結果意思正好相反了。試問既不能張帆，爲什麼把桅豎起來呢?自亞東本改錯了一個字,所有的坊本均沿着這個錯誤,遂使這一段的敍事成爲費解難明了。

校書如掃落葉,須每個角落顧到,切不可大意。坊本錯了,而古本未錯的,更是數見不鮮。如坊本西遊記第七十回:

我大王使煙火飛沙,那國王君臣百姓等,莫想一個得活。

這些文句總嫌重複欠順。後來我在中央圖書館找到一部明萬曆刻本出像官板大字西遊記,校對一下,才知道是錯了幾個字。萬曆本原文如下:

我大王使出煙火飛沙,那國中君臣百姓,莫想一個得活。

「國中君臣百姓」,就沒有重複之病了。「使出煙火飛沙」,多一個「出」字,語氣就完足了。雖然只是一兩字之差,文字的優劣,却截然不同。

遇到舊小說中有難懂的詞語,校者千萬不可任意亂改。數年前我校對水滸傳的時候,有「土兵」的詞語許多處(見第一第二十三等回),助理校對者竟全部擅改爲「士兵」,我發覺他的「擅改」後,立刻寫了一封信給書局的經理,大發脾氣,說明「土兵」卽鄉兵,乃是徵於當地,施以訓練以防守本鄉之兵,與「士兵」有別。土兵是宋朝的民間俚語,士兵則是近代語,如何可以擅改?不料這樣一來,却得到了書局方面的信任,使以後在校對瑣事上得以順利進行。

總之,校訂小說雖然是微不足道的事,要做得好可並不容易。必須有極大的耐性,眼明手勤，博學強記，方能勝任愉快。

至於刪改小說，那是另一囘事。像金聖歎刪改水滸傳，俞曲園刪訂三俠五義而改名爲七俠五義，他們兩位都具有文學的眼光，不但沒有損污了原書，甚至於也可以說使原書更臻完善。此外那些淺人刪改小說，多是點金成鐵，佛頭著糞。

前面提到過的同治本儒林外史，就是極喜歡刪改的，其所改削，有點像漢書之改史記，往往失掉文學的意味。茲引二例於下：

……那婦人起來，連褲子也沒有了。萬中書同絲客人從艙裏鑽出來看了，忍不住的好笑。（嘉慶本儒林外史第五十一囘）

……那婦人坐起來，連衣裙也不見了。萬中書同絲客人從前艙裏鑽進來看了，忍不住的好笑。（同治本儒林外史第五十一囘）

因爲「連褲子也沒有了」，所以他們看了會覺得好笑，同治本改爲「衣裙也不見了」，還有什麼好笑呢？

鳳四老爹囘到家裏，一氣走進書房，只見萬中書在椅子上坐着望哩。（嘉慶本第五十囘）

鳳四老爹囘到家裏，一氣走進書房，只見萬中書在房門口立着望哩。（同治本第五十囘）

同治本把「在椅子上坐着望」改爲「在房門口立着望」，似乎更可以表現出焦急的心理，而不知「在房門口立着望」跟上句「走進書房」有了抵觸，旣已「走進書房」，怎麼又會看見萬中書「在房門口立着望」呢？這眞是弄巧成拙，把通的反而改成不通了。坊本多以同治本爲藍本，因此可知已非原書的眞面目了。

我的副業是編輯。近來偶爲三民書局整理幾部舊小說出版，頗費了一些工夫，深知其中的甘苦。覺得只有埋頭精校，訂正謬誤，而儘量保存原書的面目，才不致辜負原作者的一番心血，也庶幾免使讀者失望。以上幾點淺見，信筆寫了下來，致獻給同道的朋友們，並乞指教是幸。

（六十三年二月）

關於儒林外史的校訂

——答木生君書

木生先生：

三民版的儒林外史雖曾再版，可是因爲編者與書局方面未能聯絡好，致有誤字未加改正。今拜讀大文，承蒙指正，毋任感激。但其中尚有俗字、通假等等，不能一概而論。有幾個字，如「荒（謊）謬」「面黃肌（飢）瘦」等，確是錯字，我去年已在初版本子上鈎出來了，擬再版時改正。大凡校訂舊小說，通常皆據古本、善本校，儘量保留舊面目，不可離譜太遠，任意改字。（與編教科書不同。）我所根據的底本是藝古堂本（嘉慶丙子），又參考同治本，亞東本，……校勘。例如：

不覺磕睡上來。……（第二回）

舊小說中常作「磕睡」，與「瞌睡」通用。

最近華正書局出版（六十七年）的儒林外史據臥閒草堂本校，及聯經公司版（六十七年）儒林外史，均稱善本，此二種版本亦均作：

不覺磕睡上來。……（華正二〇頁，聯經二〇頁）

清朱駿聲說文通訓定聲：「（謙部第四）磕，……今俗又用爲磕睡字。（叚借）」

辭海：「磕，……低首小睡曰磕睡，蓋因其如擣擊之狀而名。」

瞌，說文無此字。正字通：「人勞倦合眼坐睡曰瞌睡。」正字通爲明張自烈撰。瞌字是後起的字。據朱駿聲及辭海所云，可知「磕睡」與「瞌睡」可以通用。

又如：

……張燈結彩……（四十回）

聯經本（三八〇頁）華正本（三九七頁）均作「張燈結彩」。

按「張燈結彩」與「張燈結綵」，舊小說中多通用。「結綵」爲正字，「結彩」是俗字，舊小說多用俗字，校者不能如編教科書一樣，一律改爲正體字。

紅樓夢第五十三回：

……寧榮二府皆張燈結彩。……

查各本紅樓夢，均作「結彩」。計有八十回鈔本戚蓼生本（學生書局影印）、脂硯齋庚辰年抄本、紅樓夢稿本（一百二十回）（聯經影印）、亞東本、遠東本、世界本、王家出版社本、高鶚訂新鐫全部繡像紅樓夢本（廣文影印）。

說文無綵字。說文通訓定聲云：「采，……字亦作彩，……字亦作綵。」（按彩字見說文新附。）可見三字有時通用。

又三民版儒林外史第十回：（七六頁）

婁府張燈結綵。

此回則作「結綵」。因欲保存古本面貌，通用的字，不便亂改。（可作校勘記附後。）聯經、華正本均同。

溽暑揮汗，其餘各條，恕未能一一加以說明。

附「如何校訂舊小說」（原載於聯副）一篇，祈指教爲幸。

草此，即頌

撰安！

繆天華上 七月十九日

淺談奇書金瓶梅

金瓶梅是四大奇書之一，可是有人贈給它惡名，叫做「淫書」或者「穢書」，因此提到這部書，就不免有點兒談虎色變之概。如果你查商務印書館出版的國語辭典(中國大辭典編纂處編)，查檢「掐尖兒」「梳籠」「殺鷄扯脖」這幾條詞語或成語時，你會看到在所引的例句下，有「見明人小說」的字樣兒。這所謂「明人小說」，實際全是指金瓶梅。國語辭典引用金瓶梅的地方甚多，而編者諱言把金瓶梅作爲參考書之一，其苦心是可以了解的❶。世上有一些道學先生，喜歡吹毛求疵，他們責備人家總是嚴厲的。

金瓶梅的書名就很奇。爲什麼叫做金瓶梅呢？東吳弄珠客在金瓶梅序裏說：

如諸婦多矣，而獨以潘金蓮、李瓶兒、春梅命名者，亦楚檮杌之意也。蓋金蓮以姦死，瓶兒以孽死，春梅以淫死，較諸婦爲更慘耳。借西門慶以描畫世之大淨，……蓋爲世戒，非

---

❶ 本文寫於民國六十五年八月，到民國七十年十一月「重編國語辭典」出版時，這些「忌諱」都已經取消了。

為世勸也。

這是一部取水滸傳裏武松殺嫂的故事，加以改造推演，以西門慶為線索，以及敍述潘金蓮、李瓶兒、春梅等的荒淫生活的小說。魯迅的中國小說史略第十九篇說：

……慶號四泉，清河人，「不甚讀書，終日閒游浪蕩」，有一妻三妾，又交「幫閒抹嘴不守本分的人」，結為十弟兄，復悅潘金蓮，酖其夫武大，納以為妾，武松來報讎，尋之不獲，誤殺李外傳，刺配孟州。

小說史略所云「李外傳」，「傳」字當作「傳」。金瓶梅第九回云：

且說西門慶正和縣中一個皂隸李外傳，專一在縣在府，綽攬些公事，

錢使若有兩家告狀的他便賣串兒或是官吏打點他便兩下裡打背又因此縣中起了他個渾名叫做李外傳那日見知縣回出武松狀子討得這個消息要來回報西門慶知道武二告狀不行一面西門慶讓他在酒樓上飲酒把五兩銀子送他正吃酒在熱鬧處忽然把眼向樓窗下看武松兇人從橋下直奔酒樓前來已知此人來意不善推更衣從樓後窗只一跳順着房山跳下人家後院內去了那武二奔到酒樓前便問酒保西門慶在此麼那酒保道西門大官和一相識在樓上吃酒哩武二撥步撩衣飛搶上樓去只見一個人坐在正面兩個唱的粉頭坐在兩邊認的是本縣皂隸李外傳知就來報信的心中甚怒向前便問西門慶那裡去了那李外傳見是武二諕得慌了

往來聽氣兒，撰錢使。……因此縣中起了他個渾名，叫做李外傳。

「李外傳」諧聲「裏外傳」，這是他的渾名。古本（萬曆丁巳本）金瓶梅詞話的目錄（第九回）誤作「武都頭悞打李外傳」，而下面第九回回目及正文均未錯，作「李外傳」。魯迅寫小說史略時僅翻查目錄，未細看正文，致有這個小錯誤。後來鄭振鐸的插圖本中國文學史第六十章也沿襲這個錯誤云：「武大弟武松，爲兄報仇，誤殺李外傳」。我在此順便提到，希望有所訂正。

這部小說最早出現的是鈔本。明沈德符的野獲編卷二十五說：

袁中郎觴政，以金瓶梅配水滸爲外典（按袁中郎全集作「逸典」），余恨未得見。丙午，遇中郎京邸，問曾有全帙否？曰：「第覩數卷，甚奇怪。今惟麻城劉延伯承禧家有全本。……」又三年，小修上公車，已攜有其書。因與借抄挈歸。吳友馮猶龍見之驚喜，慫恿書坊以重價購刻。……余曰：「此等書必遂有人板行，但一出則家傳戶到，壞人心術。他日閻羅究詰始禍，何辭以對？吾豈以刀錐博泥犂哉！」……未幾時而吳中懸之國門矣。

金瓶梅有許多不同的版本，現在所看到的最早刻本是「金瓶梅詞話」，上面有萬曆丁巳（四十五年，西元一六一七）東吳弄珠客的序，序末有云：「漫書於金閶道中。」這就是沈德符所謂「吳中懸之國門」的一本。又有「廿公」的短跋，這「廿公」有人說就是袁石公（卽袁中郎）❷。

❷ 見鄭著插圖本中國文學史第六十章（九二二頁）。惟查袁中郎隨筆中有「書念公册後」「書念公碑文後」兩篇短文，因此我懷疑作金瓶梅詞話跋的「廿公」，可能是袁石公的友人。

金瓶梅詞話的作者，欣欣子的序文說是「蘭陵笑笑生」作，但是眞姓名則不知何人。

因爲沈德符有「聞此爲嘉靖間大名士手筆」的話，於是後來就產生了一些附會之說。說這書是一個孝子所作，替父親報仇的。這孝子就是王世貞。仇人是嚴世蕃和唐順之。王世貞的父親王忬有一幅古畫「清明上河圖」，嚴氏索取這幅畫，他捨不得拿出來，就以一幅摹本來冒充，不料被唐順之識破，說了出來：它是贋本。因此嚴氏大怒，誣以失誤軍機之罪，殺了他。那孝子後來打聽到唐順之看書時有一個習慣，必定用手指沾着口沫，翻動書頁。孝子乃以三年的工夫，寫成這部小說，然後黏毒藥於每一頁的紙角上。等候唐順之外出時，教人拿這小說在市中叫賣道：「天下第一奇書！」唐順之在車裏聽到，叫來一看，竟被這部小說迷住了，不肯放手。車到家時，小說也草草地翻完了，嘖嘖稱賞不已。他叫賣者來問這部小說的價錢，賣者竟不見了。他忽然覺悟，知道自己被人家暗算，但是毒性已經發作，來不及營救，遂被毒死。以上所說見於「寒花盦隨筆」、「消夏閒記」等書，各書所記載大同小異。故事雖然很動人，但是極靠不住，不能相信。最重要的一點是：王世貞是江蘇太倉人，而原本金瓶梅全用山東土話寫的，可知作者必定是山東人。欣欣子的序裏說：「蘭陵笑笑生作金瓶梅。」蘭陵，卽今山東嶧縣，這和小說中使用山東土話一點正相符合。

金瓶梅小說擅長於色情的描寫，這在當時，實是一種風氣。在那個淫風熾盛的時代，方士文臣常常以獻方藥而得到寵幸，如成化時，方士李孜、僧繼曉都因獻房中術驟貴；嘉靖間，陶仲文以進紅鉛得倖於世宗，官至少師少傅少保禮部尚書恭誠伯。於是頹風漸及士流，多竭智盡力以求奇方春藥，以縱談閨幃牀笫的隱祕爲樂。這風氣就影響到了小說，喜用穢褻淫蕩的描寫，藉以引人入勝。

不過，金瓶梅雖然有猥褻的詞句，而其他的佳處也很多；所以，自明季以來，與三國演義、水滸傳、西遊記合稱「四大奇書」，它在清代曾遭禁行，而終於能夠流傳於世。

金瓶梅可稱爲一部偉大的寫實小說。作者對於世情人事，非常洞達。他不寫英雄、武士、神怪等，寫的乃是眞實的社會中男與女的日常生活，黑暗汚濁、荒淫奢侈的生活。又寫得如此逼眞，如此細膩，眞是難能可貴。其中的人物，每有所指，沈德符說是指斥時事，「如蔡京父子則指分宜（嚴嵩父子籍貫江西分宜），林靈素則指陶仲文，朱勔則指陸炳，其它亦各有所屬」。那麼主角如西門慶，也許亦有主名，或者是一個半眞半假的人物也說不定。

茲引「楊姑娘氣罵張四舅」一段，以見其寫實的技巧之一斑：

只見姑娘拄拐，自後而出。姑娘開口：「列位高隣在上，我是他的親姑娘，又不隔從，莫不沒我說去。死了的也是侄兒，活着的也是侄兒，十個指頭，咬着都疼。……他身邊又無出，少女嫩婦的，你攔着不教他嫁人，留着他做什麼？」衆街隣高聲道：「姑娘見得有理！」那張四在傍，把婆子瞅了一眼，說道：「你好失心兒，鳳凰無寶處不落！」就這一句話，道着這婆子眞病，須臾怒起，紫漲了面皮，扯定張四大罵。張四道：「你這嚼舌頭老淫婦，掙將錢來焦尾靶，怪不的恁無兒無女！」姑娘急了，罵道：「張四賊，老蒼根，老猪狗！我無兒無女，強似你家媽媽子，穿寺院，養和尙，合道士！你還在睡裏夢裏！」當下兩個差些兒不曾打起來。（第七回）

像這樣針鋒相對的罵街爭吵，可以說是惟妙惟肖，活潑潑的浮現於我們的耳邊眼前，如聞其聲音，如見其情狀。

崇禎本金瓶梅附有精美的插圖，這個本子比詞話本後出，兩種本子不同之處頗多。如第一回的前半，二本幾乎全異，回目也不同。崇禎本以「西門慶熱結十兄弟」開始；詞話本所敍述的武松打虎事，崇禎本只從應伯爵的口中淡淡提起。詞話本有許多山東土話，崇禎本都加以改易，減少了不少的原作的神態，失掉了本來的面目。崇禎本把回目大加修改，對仗很工整，面目一新。清代張竹坡評的第一奇書金瓶梅，是從崇禎本來的，卷首又冠以「苦孝說」，有許多妄改處、刪節處，欲以苦孝抬高此小說的價值。又有所謂古本金瓶梅，也是出自崇禎本，穢褻的部分都已刪去。這些坊本，距離原作都很遠了。

我認爲金瓶梅是成年人看的小說，成年人看這類的書，有何不可呢？未加刪節的原本金瓶梅詞話，對青年們是不適宜的，可是一本放寬尺度稍加刪節的善本金瓶梅（世界文庫本刪節過多，美中不足），應該是老少咸宜的讀物吧。我期望早日有這樣的本子編印出來。

——題目既然是「淺談」，應當少談即止，如果再談下去，不但要離題，怕又出了岔兒。

——是，是！您說得對！說話最好說三分，我的意思也說得差不多了，就此打住。

兒女英雄傳的考證和欣賞

兒女英雄傳，題『燕北閒人著』，而作者的眞名是文康，卷首有一篇馬從善的序，說得非常明白：

兒女英雄傳一書，文鐵仙先生康所作也。……晚年諸子不肖，家道中落，先時遺物，斥賣略盡。先生塊處一室，筆墨之外無長物，故著此書以自遣。……余館於先生家最久。宦遊南北，遂不相聞。昨來都門，知先生已歸道山。……生平所著，無從收拾，僅於友人處得此一編，亟付剞劂。……

文康，費莫氏，字鐵仙，號悔盦，滿洲鑲紅旗人。曾祖溫福，爲工部尚書，後以陣亡賞伯爵；祖父勒保，爲經略大臣，有功封公爵。文康以貲爲理藩院郎中，出爲郡守，薦擢觀察，丁憂旋里，特起爲駐藏大臣，以疾不果行，遂卒於家。

馬從善的序寫於光緒戊寅（四年，西元一八七八），兒女英雄傳大概定稿於道光年間。可是這書前面還有兩篇序：一篇是雍正閼逢攝提格（甲寅，十二年，一七三四）觀鑑我齋的序，另一篇是乾隆甲寅

（五十九年，一七九四）東海吾了翁的序，都說這部小說的作者是燕北閒人。照這樣說，和馬從善的序就有了抵觸：作者不可能活得那麼久。而且，燕北閒人到底是什麼人呢？關於這些疑問，中國小說史略（第二十七篇）以爲此二序（觀鑑我齋跟吾了翁）『皆作者假託』，這是極正確的說法。因爲以前的小說家，多喜歡託之古人，正如儒林外史前面一篇閑齋老人的序恐怕也是作者假託的一樣。

還有一點理由：這小說中屢次提到紅樓夢，觀鑑我齋的序裏也提及紅樓夢，請想想看：雍正朝哪裏有紅樓夢？小說裏又提到品花寶鑑中的人物，徐度香與袁寶珠（第三十二回），品花寶鑑前三十回作於道光中，雍正乾隆時的人哪裏會知道這書裏的人物呢？這豈不是作假露出了馬脚？（以上據胡適之先生之說，見胡適文存第三集兒女英雄傳序。）

小說裏的人物，常取同時人爲藍本，或隱取前人而變幻其字。例如紀獻唐，蔣瑞藻小說考證八云：

……紀者，年也；獻者，曲禮（下）云，『犬名羹獻；』唐爲帝堯年號：合之則年羹堯也。……其事迹與本傳所記悉合。

小說原是半眞半假的居多，如果加以尋繹，多少總會有些線索。十三妹未詳所指，或當是作者想像中的女英雄。安驥（安公子），是作者有慨於其子之不肖而反寫之，是他所希望的佳肖子孫。

兒女英雄傳本來有五十三回，現在殘存四十回。馬序說：

書故五十三回，蠹蝕之餘，僅有四十回可讀。其餘十三回，殘缺零落，不能綴輯，且筆墨弁陋，疑爲夫已氏所續，故竟從刊削。

胡適之氏認爲馬從善這篇序，『有歷史考證的材料』，的確如此。所以四十回本的兒女英雄傳的故事是沒有結束的，因此後來復有續集出現。續集三十二回，序題『不計年月無名氏』，文意均極拙劣，想是北京書賈雜湊而成的。續集卷末云有『二續』，但是二續書終於未見。

曹雪芹和文鐵仙（康）同是身經富貴的人，晚年窮愁著書，所寫的小說却正相反：紅樓夢是帶有懺悔的，描寫過去的風月繁華之盛，以及衰落敗家的情況；兒女英雄傳不寫家庭的衰敗，而描寫理想中的賢子，女英雄，和圓滿的家庭。

所以然者，有人以爲因讀者的興趣的轉移，一般人已厭倦於紅樓夢的男女柔情，別流於是乎興起。如兒女英雄傳，旨在揄揚勇俠，贊美粗豪，一反紅樓夢的一味歌頌癡情，多愁善感，而描寫智勇兼具的十三妹，欲使英雄與兒女之概，備於一身，以滿足讀者趨新厭舊的心理。這種說法，也頗合理。

兒女英雄傳是平話體的小說，作者摹擬說書人的口吻，更能迎合大衆的口味，敍述極細膩，通俗，生動。作者是旗人，旗人最會說話，所以小說裏的對話特別流利，漂亮，詼諧多趣。胡適之先生說：『前有紅樓夢，後有兒女英雄傳，都是絕好的京語教科書。』這部小說的特點，是用活的北平話寫，和文人的『掉書袋』的作品迥然不同。

如第四回敍安公子初遇十三妹於旅店中的一段：

……只見對門的那個女子抬身邁步款款的走到跟前，問着兩個更夫說：『你們這是作甚麼呀？』跑堂兒的接口說道：『這位客人，要使喚這塊石頭，給他弄進去。你老躲遠着瞧，小心碰着。』那女子又說道：『弄這塊石頭，何至於鬧的這等馬仰人翻的呀？』張三手裏拿着钁頭，看了一眼，接口說：『怎麼「馬仰人翻」呢？瞧這傢伙，不這麼弄，弄得動他嗎？打諒頑兒呢。』那女子走到跟前，把那塊石頭端相了端相，……約莫也有個二百四五十觔重，原是一個碾糧食的碌碡，上面靠邊，却有個鑿通了的關眼兒。……那女子更不答言，他先挽了挽袖子，……找着那個關眼兒，伸進兩個指頭去勾住了，往上只一悠，就把二百多斤的石頭碌碡，單撒手兒提了起來。向着張三李四說道：『你們兩個也別閑着，把這石頭上的土給我拂落淨了。』兩個人屁滾尿流，答應了一聲，連忙用手拂落了一陣。那女子……滿面含春的向安公子道：『尊客，這石頭放在那裏？』那安公子羞得面紅過耳，……說：『有勞，就放在屋裏罷。』那女子便一手提了石頭，款動一雙小脚兒，上了台堦兒，撩起了布帘，跨進門去，輕輕的把那塊石頭放在屋裏南牆根兒底下。回轉頭來，氣不喘，面不紅，心不跳。……

這一段寫一個文謅謅的書獃安公子跟豪爽逞強的女俠作一個對比，眞能驚心動魄，引人入勝。

又如第三十五回寫安公子中舉人時的情形：

安老爺看了，樂得先說了一句『謝天地！不料我安學海今日竟會盼到我的兒子中了。』手裏拿着那張報單，回頭就往屋裏跑，這個當兒，太太早同着兩個媳婦也趕出當院子來了。太太手裏還拿着根煙袋。老爺見太太趕出來，便湊到太太面前道：『太太，你看這小子，他中也罷了，虧他怎麼還會中的這樣高。太太，你且看這個報單。』太太樂得雙手來接，那雙手却攥着根煙袋，一個忘了神，便遞給老爺。妙在老爺也樂得忘了神，就接過那根煙袋去，一時連太太本是個認得字的也忘了，便拿着那根煙袋，指着報單上的字，一長一短，念給太太聽。……這個當兒，只不見了安公子。你道他那裏去了？原來他自從聽得『大爺高中了』一句話，怔了半天，一個人兒站在屋旮旯兒裏，臉是漆青，手是冰涼，心是亂跳，兩淚直流的在那裏哭呢。……

上面一段寫熱中功名的心理，雖然是庸俗的思想，却寫得極生動而富於人情味。

兒女英雄傳的結構是緊湊的，高潮時起，但是因爲全書殘缺了後面若干回，以致故事的末尾，嫌結束得太忽促了。這是美中不足。兒女英雄傳續集是後人濫造的，故事平庸，文字拙劣，不能饜足讀者的好奇心。續集三十二回，雖無價値，仍附錄於卷末；不過校者在這兒插一句話：

繁忙的讀者其實無須乎去看這一部分的。

三民書局所印行的這部小說，是以上海申報館仿聚珍版兒女英雄傳（僅有正集）爲底本，並校以其他善本。坊間通行的本子，目前在臺灣似乎沒有加新式標點符號的，玆特請饒彬先生將全書加標點符號，敬希讀者注意和指教。

（民國六十三年秋，校畢記。）

「習非勝是」與「積非成是」

一個朋友問我：「關於成語，電視上說：應該用『習非勝是』，不可以用『積非成是』。你的意見怎樣？」

我說：「不。我的看法有點不同。」

我以爲成語有源，有流，因時、地的不同，常常會演變孳生的。成語的源，有的固然可以探索，也有不得而知的；至於流變，古今的書籍浩如煙海，眞是查不勝查的了。

「習非勝是」的成語出於揚雄的法言學行篇：

「一鬨之市，必立之平；一卷之書，必立之師。習乎習，以習非之勝是，況習是之勝非乎。於戲，學者審其是而已矣。」

可是「習非勝是」這個成語漸漸地演變，變作「習非成是」，或「積非成是」。到後來，「習非勝是」沒有人用了，漸漸變成死成語了。至於什麼時候開始演變呢？這就很難考定了。查考書籍有時候是可遇不可求的，眞是「踏破鐵鞋無覓處，得來全不費工夫。」

清乾隆時的戴震答鄭丈用牧書云：

「私智穿鑿者，或非盡掊擊以自表暴，積非成是而無從知，先入爲主而惑以終身。……」（四部叢刊戴東原集卷九）

段玉裁說文解字注「原」字下云：

「後人……別製源字爲本原之原，積非成是久矣。」

可見「積非成是」，有名的學者如戴東原、段若膺輩都已經用了，我們現在爲什麼不可以用呢？「習非成是」呢，應該早有人用了，目前查到的，尙只有近人的例句（當然也是名家），如：錢玄同寄陳同甫書：

「於是習非成是，一若文不用典，卽爲儉學之徵。」

趙元任「語言問題」第一講：

「就是說幾十年，大家已經就這麼說了，就成了所謂習非成是的局面了。」

更早的例子，我想以後也許有機會可以找到。熱心於此道的朋友，請留意留意這個問題吧。

我以前曾經主編過一部成語典，在民國六十年由復興書局出版，這部辭典銷路雖然不錯，然而我覺得有待增補的地方，也還不少。於是在四年前，又約了幾位學人，一同來增編一番。這次的增補，對於成語的源流演變跡象，尤加注意，泛覽羣書，日夜探索不疲。這次於「習非勝是」這條成語之外，又增一條「積非成是」，互相「參閱」，這樣總算比以前完備了一點。但因爲校對者太仔細了，以致進行得過於緩慢，到現在還沒有印出來。

今年清明節前，偶然得到一些資料，又剛好增編成語典的二校稿全部在我的手頭，我就窮日至夜，拚命趕着修訂，不料工作得太緊張，我的舊疾（十二指腸潰瘍）復發了。本來大夫勸我住進醫院的，可是我不要住院，寧可請假在家中休養，同時又約了同編的劉君跟兩個青年朋友來，有系統地一同做着增補的工作。生病旣不得出門一步，倒可以專心致志地修訂辭典。這一個星期來的收穫，眞是可觀！病中的憂慮鬱悶全都一掃而空了。修訂的工作完成了，我的病也漸漸地痊癒了。我在盼望着這部增編成語典能夠順利地早日印成！

成語的演變雖然常常是約定俗成的，但並不是隨便的，必定後來的比以前的更好，更適合，才能被多數人所接受。比如「積非成是」就比「習非勝是」的含意清楚多了。又如「東風吹馬耳」出於李白的詩。李白答王十二寒夜獨酌有懷詩云：

「吟詩作賦北窗裏，萬言不直一杯水。世人聞此皆掉頭，有如東風射馬耳。」

李太白集本作「東風射馬耳」，後來「射」字演變成「吹」字，就比較合理自然了。佩文韻府引李白此詩作「吹」字，這可以證明在清初時多已作「東風吹馬耳」了。又「百尺竿頭須進步」，原見於傳燈錄卷十：

「招賢大師偈曰：百丈竿頭不動人，雖然得入未爲眞。百丈竿頭須進步，十方世界是全身。」

傳燈錄本作「百丈竿頭」。按傳燈錄編於北宋眞宗景德元年，到了南宋理宗時，釋普濟取傳燈錄、廣燈錄、續燈錄、聯燈會要、普燈錄五書撮要撰成五燈會元二十卷，其卷四引此偈，已作「百尺竿頭須進步」了。這也是成語的演變。因爲竹竿哪裏會有百丈長的呢？未免說得太誇張了，不如說「百尺竿頭」，比較平實易曉。

成語的出處和流變的探索工作，是很艱辛的。無徵不信，你沒有可靠的資料引證，人家就不會相信你，而難以爲依據；假如任意穿鑿附會的話，結果必將失之毫釐，差以千里了。

「望梅止渴」與「梅花撲鼻香」

日前酷熱乾旱，電視上呼籲大家要節約用水，以免缺水。那時候我就想到「望梅止渴」這句話，覺得很有意思。世說新語假譎篇說：

「魏武行役失汲道，軍皆渴。乃令曰：『前有大梅林，饒子，甘酸，可以解渴。』士卒聞之，口皆出水。乘此得及前源。」

提到梅子，誰不會出口水呢？楞嚴經說：「譬如有人談說酢梅，口中水出；思蹋懸厓，足心酸澀。」這話說得多好，心理的影響如此之大，這些我們平時也會經驗到的。

曹操的詭詐是出名的。三國志魏志武帝操傳說：「太祖少機警，有權數。」世說新語假譎篇劉孝標注引曹瞞傳云：「操小字阿瞞，少好譎詐，遊放無度。」世說新語捷悟等篇記載曹操的逸事的總有十幾則以上，他雖然有機智，但是爲人未免太殘忍了。常對旁邊的人說：「我睡着的時候，別人不可以靠近我，如果一靠近，我就會用劍斫他，我自己也不知覺，你們侍從千萬要注意！」有一次他假裝睡着，一個好心的侍者怕他受涼，走過去替他蓋被，馬上被他殺死。從此每當他睡的時候，沒有人敢走近他了。他是聰明而忌刻。那時正在造相國府的大門，未完工，他自已出來看，叫下面的人在門上題了一個「活」字，就走開了。楊修是他的主簿官，看見了，立刻叫把大門拆掉重建，說：「門中作『活』，是『闊』字，曹公嫌門太大了。」有人送他一杯乳酪，他嘗了幾口，在蓋上寫了一個「合」字，就叫拿下去。人家都不解什麼用意，傳到楊修的面前，他便吃了一口，說：「曹公叫我們每人吃一口，爲什麼還遲疑呢？」楊修有點太逞強了，在曹娥碑下那次，竟使曹操輸於他，自嘆不如，終於種下了日後殺身之禍。可是梅林解渴這件事，我覺得特別耐人尋思，只幾句騙人的話，却使得失道苦渴的全軍度過了難關，這機智，眞值得頌揚。這故事頗爲後人所樂道，因此「望梅止渴」的成語普遍地流傳下來。

北宋沈括夢溪筆談卷二十三譏謔篇云：

「吳人多謂梅子爲『曹公』，以其嘗望梅止渴也。又謂鵝爲『右軍』，以其好養鵝也。有一士人遺人醋梅與燖鵝，作書云：『醋浸曹公一甏，湯燖右軍兩隻，聊備一饌。』」

右軍是王羲之，晉書王羲之傳說：羲之性愛鵝，山陰有一個道士，養了一羣白鵝，羲之很喜歡這羣鵝，因此爲他寫了一本道德經，寫完後，卽籠鵝而歸。夢溪筆談所云「望梅止渴」，仍然是指曹操誑兵士前有梅林，梅子甘酸可以解渴的事；清翟灝通俗編卷三十「望梅解渴」條下按語云：「今以爲虛望不實得之比語。」則是後世衍化的意義，也就是現在一般人用此成語的意義。這類的例子很多，如水滸傳第五十回：

「雷橫道：『我賞你三五兩銀子也不打緊，却恨今日忘記帶來。』白秀英道：『官人今日眼見一文也無，提甚三五兩銀子，正是教俺望梅止渴，畫餅充饑！』」

牡丹亭第二十六齣：

「小生待畫餅充饑，小姐似望梅止渴。」

這樣的用法，「望梅止渴」和「畫餅充饑」的意義差不多，都是空望而不能實得的意思。

從「望梅止渴」連帶地想到另一條跟梅花有關的成語：「不是一番寒徹骨，怎得梅花撲鼻香？」許多年來，我在大小辭典裏都查不到它的出處，眞像大海撈針似的。後來慢慢地有一點線索了。吳經熊先生「禪學黃金時代」引唐黃檗禪師的詩偈云：

「塵勞迥脫事非常，緊把繩頭做一場；不是一番寒徹骨，爭得梅花撲鼻香？」

可惜沒有注出這首詩偈的來源。宋釋普濟（或作慧明）撰五燈會元卷二十明辯禪師達磨贊云：

「皮髓傳成話霸，隻履無處埋藏。不是一番寒徹骨，爭得梅花撲鼻香？」

「梅花撲鼻香」兩句的意思是說：一個人必須經過一段極嚴厲艱苦的磨鍊，才能夠變成芬芳不朽。明陳眉公（繼儒）小窗幽記卷四云：

「人生莫如閒，太閒反生惡業；人生莫如清，太清反類俗情。不是一番寒徹骨，怎得梅花撲鼻香？念頭稍緩時，便莊誦一遍。夢以昨日爲前身，可以今夕爲來世。」

二刻拍案驚奇卷三十五：

「姻緣分定不須忙，自有天公作主張。不是一番寒徹骨，怎得梅花撲鼻香？」

以上二例「爭得」均作「怎得」。助詞辨略卷二云：「爭，俗云怎，方言如何也。李義山詩：『君懷一匹胡威絹，爭拭酬恩淚得乾？』姜夔長亭怨慢詞：『韋郎去也，怎忘得玉環分付！』」唐人詩中多作「爭」，宋元詞曲中多用「怎」，這是語詞的演變。通俗編卷三十草木類：

「不是一番寒徹骨，誰許梅花噴鼻香：見賈仲昌雜劇。」

「撲鼻香」亦作「噴鼻香」，這又是一種說法。

我在年輕的時候，偶然犯了過失，一位愛護我的長輩曾經寫了「怎得梅花撲鼻香」這兩句詩送給我，我當時非常感動。多少年來，它給了我無限的警惕，我把它當做勝過金玉的我的座右銘。

「勝讀十年書」與「三日不讀書」

近來報紙刊物上常登載着關於讀書的文章，使我不禁也想到這個問題上去。清李漁閒情偶記卷十五頤養部「談」有云：

「讀書最樂之事，而有人常以爲苦；清閒最樂之事，而有人病其寂寞。就樂去苦，避寂寞而享安閒，莫若與高士盤桓，文人講論。何也？『與君一夕話，勝讀十年書。』既受一夕之樂，又省十年之苦，便宜不亦多乎？『因過竹院逢僧話，又得浮生半日閒。』既得半日之閒，又免多時之寂，快樂可勝道乎？」

讀書固然有益，但是孤陋寡聞的人，沒有人給他啓示，往往會不得門徑而入。多和有學識之士接觸，或接交聰慧飽學的朋友，耳濡親炙日久，自然而然會受其影響，則其進步自不待言。善於傾聽人家的話，默記於心，其得益有時可以超過死讀書。當然，這話是指耐人尋味的嘉言妙語，決不是那些脅肩諂笑的吹牛拍馬，滔滔不絕的謊言廢話。

李笠翁是一個能文之士，我想也應是一個健談的人，因爲他生性諧謔自稱爲「談笑功臣」。

上面所提到的「與君一夕話，勝讀十年書」，當是古語。「因過竹院逢僧話，又得浮生半日閒。」是唐人李涉的登山詩。

偶然翻閱河南程氏遺書，卷第二十二上伊川雜錄有云：

「先生曰：古人有言曰：『共君一夜話，勝讀十年書。』若一日有所得，何止勝讀十年書也？嘗見李初平問周茂叔云：『某欲讀書，如何？』茂叔曰：『公老矣，無及也。待某只說與公。』初平遂聽說話，二年乃覺悟。」

可見這話在北宋時程伊川已經引用了，並且說它是古人之言。不過這裏要注意的是上句「共君一夜話」，後來演變爲「與君一夕話」。夕和夜，二字的意義到底有點不同：夕，暮也，又夜也；一夕話的「一夕」，普通只是指一個晚上，而非通宵。共、與的意義一樣，是共與談論，非僅洗耳恭聽而已。兩位程子的口才都是很好的，他們極注重講說、問難、討論、切磋。朱光庭就學於明道先生，回來後告訴人家說：「如在春風中坐了一個月。」游酢、楊時二人初見伊川先生，先生瞑目而坐，二學生侍立。及出門時，門外積雪已深一尺了。這就可知二程子的講學是如何能吸引人了。

至於「讀十年書」，意思是說讀書的時間之久。較早見於南史沈攸之傳：

「沈攸之，字仲達。晚好讀書，手不釋卷。嘗嘆曰：『早知窮達有命，恨不十年讀書！』」

後來戲曲裏有云：「十年窗下無人問，一舉成名天下知。」（永樂大典卷一三九九一引「張協狀元」）又是從「十年讀書」而來的。

另外一條和讀書有關的成語是：「三日不讀書，便覺語言無味。」大漢和辭典云：

「世說新語・言語：『黃太史云：士大夫三日不讀書，則理義不交於胸中，便覺面貌可憎，語言無味。』」

有人問我：黃太史是誰？我答說是黃山谷。他覺得大惑不解，又問：「我知道世說新語是南朝宋・劉義慶所撰，我眞不懂他怎麼會記載五六百年後北宋時黃山谷的話呢？」

我說：「這是因爲大漢和辭典在『世說新語』下漏掉一個『補』字（應該作『世說新語補』），沒有人給指正過來，所以很多人不解。增補世說新語的書，後代有宋・孔平仲續世說，明・何良俊何氏語林等多種，明・王世貞刪定何氏語林，改書名叫做『世說新語補』。……漢和辭典其他地方犯同樣錯誤的還不少，我一時記不清了。」

黃山谷說這話，也是本着古人而來的。世說新語文學篇說：

「殷仲堪云：『三日不讀道經，便覺舌本間強。』」（又見晉書殷仲堪傳。）

韓愈送窮文說：

「凡所以使吾面目可憎，語言無味者，皆子之志也。」

山谷不過把兩個古人的話拼起來，改「道德經」爲「書」，「面目」爲「面貌」，就成爲他的名言了。

清朝陳澧東塾讀書記卷九解釋「格物」「致知」，而加以補充說：

「蓋格物但當訓爲至事，至事者，猶言親歷其事也。天下之大，古今之遠，不能親歷，讀書卽無異親歷也。故格物者，兼讀書閱歷言之也。致知者，猶言增長見識也。凡人欲增長見識，捨讀書閱歷，更無他法。故曰『致知在格物』也。」

我覺得陳蘭甫這幾句話說得眞好。書是知識的累積，讀書是接受別人的許多知識的累積，要使自己的語言有味，勿使人家聽了厭煩，讀書的確也是一種好方法。但如果一面能常常向熱心淵博的學者請益，或者和益友論難探討，那麼讀書的功效，必定會事半功倍了。

「水落石出」與「山窮水盡」

這裏要談的兩條成語，都含有兩種意義：卽一是本來的意義，二是轉義。這兩條成語都是和山水有關的。

先談「水落石出」。這本來是描寫景物的語詞。如歐陽修醉翁亭記：

「野芳發而幽香，佳木秀而繁陰，風霜高潔，水落而石出者，山間之四時也。」

四部叢刊影印元刊本歐陽文忠公集卷三十九作「水清而石出」，校云：「清，一作涸，一作落。」按蘇軾書醉翁亭記石刻作「水落而石出」（見附圖）。蘇軾早年曾被歐陽修所賞識，而他又極喜愛歐陽修的文章，所以手書醉翁亭記和豐樂亭記二篇文章刻石；況且就文義來看，水淺才會露出石頭，若水清不過能看得見石頭而已，故當從蘇書石刻作「水落」爲是。蘇軾後赤壁賦：

「是歲十月之望，……復遊於赤壁之下。江流有聲，斷岸千尺，山高月小，水落石出。曾日月之幾何，而江山不可復識矣。」

後赤壁賦中的「水落石出」，顯然是從歐陽修的文句而來的。又陸游入蜀記：

者山間之朝莫也野芳發而幽香佳木秀而繁陰風霜高潔水落而石出者山間之四時也朝而往莫而歸四時之景不同而樂亦無窮也至

「乾道六年十月十四日。……然灘害至今未能悉去，若乘十二月正月水落石盡出時，亦可併力盡鑱去銳石。然灘上居民，皆利於敗舟，賤賣板木，及滯留買賣，必搖沮此役，不則賂石工，以爲石不可去。須斷以必行，乃可成。」

此語又可作眞相終於大白的譬喻。如陸游渭南文集卷十一謝臺諫啓：

「收眞才於水落石出之後，坐銷浮僞之風；察定理於舟行岸移之時，盡黜讒誣之巧。稍收久廢，用示至公。」

清翟灝通俗編卷二地理「水落石出」條云：

「古豔歌行：『兄弟兩三人，流蕩在他縣。故衣誰當補？新衣誰當綻？賴得賢主人，攬取爲予組。夫婿從門來，斜倚西北盼。語卿且勿盼，水清石自見。』今語意當源此詩，而訛爲水落石出也。東坡但當境寫物，別無所喻。」

翟灝的這樣說法固然有理，可是應當注意的是：從上面所引陸游的兩個例子看來，在南宋時，「水落石出」已經有兩種意義的用法了。到了後來，「水落石出」作轉義用，更爲常見了。如紅樓夢第六十一回：

「如今這事八下裏水落石出了，連前兒太太屋裏丟的，也有了主兒。」

官場現形記第十三回：

「捕快說：『城裏大小當舖，都找過沒有。……小的們不敢疑心到老爺，怕的是帶來的管家，手脚不好，雖不敢明查他們，也得暗裏留心，就是拿住之後，不替他們聲張出來，也有個水落石出。』」

又第十八回：

「本城司道當中有幾個雖得實信，但是有礙中丞面子，橫豎將來總會水落石出，此時也不便多談。」

另外一條和山水有關的成語「山窮水盡」，它的來源却有點複雜。陸游遊山西村詩：

「山重水複疑無路，柳暗花明又一村。」（「山重水複」又從南朝江總徐考穆墓銘「地迴雲低，山重水複」而來。）

陸游的詩是這成語有關聯的來源之一。再追溯上去，如陶淵明桃花源記：

「復前行，欲窮其林，林盡水源，便得一山，山有小口，……初極狹，纔通人，復行數十步，豁然開朗。」

王維終南山別業詩：

「行到水窮處，坐看雲起時。」

「山窮水盡」可以說是混合着三者而成的。如清沈復浮生六記卷二閑情記趣：

「若夫園亭樓閣，套室迴廊，疊石成山，栽花取勢，又在大中見小，小中見大，虛中有實，實中有虛。……虛中有實者，或山窮水盡處，一折而豁然開朗；或軒閣設廚處，一開而可通別院。……」

亦作「水窮山盡」。清李漁閒情偶寄卷三詞曲部格局大收煞：

「骨肉團聚，不過歡笑一場，以此收鑼罷鼓，有何趣味？水窮山盡之處，偏宜突起波瀾：或先驚而後喜，或始疑而終信，或喜極信極而反致驚疑。務使一折之中，七情俱備，……所謂有團圓之趣者也。」

又聊齋志異李八缸：

「忽一夜夢父曰：『今汝所遭，可謂山窮水盡矣；嘗許汝窖金，今其可矣。』問：『何在？』曰：『明日畀汝。』醒而異之，猶謂是貧中之積想也。次日發土葺墉，掘得巨金。」

官場現形記第四十七回：

「要是一無底子的人，靠着自己一個功名，漁肉鄉愚，挾持官長，左手來，右手去，弄得的錢，是早已用完的了。到得此時，斥革功名，抄沒家產都不算，一定還要拷打監追，及至山窮水盡，一無法想，然後定他一個罪名，以為玩視國課者戒。」

以上的二例中，「山窮水盡」是指人事境遇而言，比喻無路可走，陷入了絕境。這是轉義。

現在一般人用「山窮水盡」這個成語，大抵都作轉義用；至於作描寫景物用的，就甚稀少了。

不如意事十常八九

古語云：「不如意事十常八九」。一般都說這是陸游的詩句，但沒有說見於哪首詩。其實這句話最先出於晉書羊祜傳：

「……祜復表曰：『吳平則胡自定，但當速濟大功耳。』而議者多不同。祜歎曰：『天下不如意恆十居七八。』」

晉武帝時，羊祜爲荆州都督，他主張應當迅速伐吳，認爲比平蜀容易得多。可是當時遭到許多人的反對，所以他有這感慨的話。他這句話很能道出人們的苦情，因此常被後人所引用。而「不如意恆十居七八」，後來漸漸地演變成「不如意事十常八九」，語意比前更加清楚了。

陸游是南宋的大詩人，詩筆縱橫敏捷，而其詩數量之多，尤其驚人。劍南詩稿凡八十五卷，所存的詩總有一萬餘首。我曾經翻閱一部厚厚的他的詩集，找到兩處和這成語有關的：一爲詩句，另一爲詩題：

欲遊修覺寺以雨不果呈范舍人詩云：

「不如意事十八九，正用此時風雨來。」

古謂「不如意事十常八九」閑中未免此歎戲作七字一首詩云：

「歸志初諧老遽催，良辰常與病俱來，酒雖已熟恨無菊，雪苦不成空見梅。」

陸游又是一個富於感情的詩人，身歷坎坷的境況，國難家愁，絡繹交織着，所以發爲詩詞，或激昂悲憤，或懷舊傷情，但是他的性格畢竟是樂觀的，後來轉爲曠達豪放，因自號爲放翁。他所以時常提到「不如意事十常八九」，當是他的心意中常有此感觸，故念念不忘此成語。

陸游的婚姻可以說是一個感人的悲劇。宋周密齊東野語卷一說：

「陸務觀初娶唐氏，於其母夫人爲姑姪。伉儷相得而弗獲於其姑，既出而未忍絕之，則爲別館時時往焉。而事不得隱，竟絕之，亦人倫之變也。唐後改適同郡趙士程。嘗以春日出游，相遇於禹跡寺南之沈氏園。（在今浙江紹興。園今已荒廢，成爲一片菜園了。）唐以語趙，遣致酒餚。陸悵然久之，爲賦釵頭鳳一詞，題園壁間。實紹興乙亥歲（一一五五）也。（時陸游三十一歲）」

他的母親不喜歡媳婦唐琬，據華超陸放翁小傳說：是因爲相信一個尼姑的胡說，說唐琬命硬，會剋翁姑丈夫。當然也許還有其他的原因，不過這種迷信的事造成家庭的不幸，是很可能的。陸游那首題於園壁上的釵頭鳳見於放翁詞：

「紅酥手，黃藤酒，滿城春色宮牆柳。東風惡，歡情薄。一懷愁緒，幾年離索。錯！

錯！錯！錯！　春如舊，人空瘦，淚痕紅浥鮫綃透。桃花落，閒池閣。山盟雖在，錦書難託。莫！莫！莫！」

唐琬也和了一首：

「世情薄，人情惡，雨送黃昏花易落。曉風乾，淚痕殘。欲箋心事，獨語斜欄。難！難！難！　人成各，今非昨，病魂常似秋千索。角聲寒，夜闌珊。怕人尋問，咽淚妝歡。瞞！瞞！瞞！」（見歷代詩餘卷一百十八）

四年後，唐琬怏怏而死。自此陸游常常登臨禹跡寺，眺望沈園，低徊眷念不已。寧宗慶元五年（一一九九），時陸游已是七十五歲了，又有題沈園二絕句云：

「城上斜陽畫角哀，沈園非復舊池臺。傷心橋下春波綠，曾是驚鴻照影來。

夢斷香消四十年，沈園柳老不吹綿。此身行作稽山土，猶弔遺蹤一泫然。」

這座圓洞石橋，現在還存在，民間叫做羅漢橋，是陸、唐二人在沈園重逢後又分別的橋，橋額題曰：「春波橋」，卽是後人用陸放翁的詩句而取的橋名。這種無可奈何的惆悵的情懷，眞不知當事的人如何排遣過去啊！

這成語又演變爲對偶句子，舊小說中常見引用。例如：

「不如意處常八九，可與人言無二三。」（見金瓶梅第三十回）

「不如意事常八九，可與人言無二三。」（見醒世恆言第三十二卷）

「不如意事十常八九」這句成語，從表面上看來，似乎有點兒悲觀，其實我以爲却是一句洞達世情、深知世故的極明智的話，它對於世上失意鬱悒的人們，多多少少會起一點寬慰的作用吧。

每下愈況

我開始探索成語是在民國五十年的夏天，因爲那時候我正在編「成語典」。當時我想：許多常用的成語，却不見於經傳，無從查考，於是我決心從筆記、通俗小說、戲曲等方面去探索。古語說得好：「皇天不負苦心人」，摸索了一年，終於得到了一些收穫。我一向有尋根究底、引經據典的癖，但是這個「典」不一定是限於經典，淸以前的小說等俗文學也算是典籍，只不過是俗典而已。後來陸澹安（筆名何滿子）編的「小說詞語匯釋」出版了，此書後面還附錄成語二千條，有些和我所搜集的幾乎相同，——這不能說是誰抄誰，只是偶合罷了。

此後，每當我遇見兩位學者，就要跟他們談成語，這就是何容和江應龍兩教授。早在民國二十四年間，林語堂主編「人間世」半月刊，有三個作家最特出：卽老舍、老向、何容。他們的文章多帶點幽默。我記得何容先生有一篇文章（已忘其題目），說曾在什麼部隊裏工作，有一次寫標語，他寫了一條「一團和氣」四個字，頗爲團長所欣賞。我也曾經有一篇文章被「人間世」所採用，題目叫做「雞」，刊登出來時，我眞是高興。（那時我才是二十歲的小子。）可惜後來却寫不出來了。江教授的藏書很豐富，每次我找不到要查考的書籍的時候，就向他「乞援」，往往都是有求必應的。他們兩人，都是我來臺北以後才認識的，彷彿有點志同道合，因此使我收到了不少的集思廣益的效果。

閒話少說。我這次提到的「每下愈況」這條成語，頗有點糾纏，因此我把自己的看法先說一說，讓讀者知道我的虛心客觀的態度。自從當教師以來，案頭經常備有一本册子，閱讀的時候，隨手把一些詞彙或成語摘錄下來，日子久了，積成厚厚的一本。這册子有時候也會有點用場，我現在寫這篇短文，就也把它來利用一下。

「每下愈況」，語本於莊子知北遊篇：

「東郭子問於莊子曰：『所謂道，惡乎在？』莊子曰：『無所不在。』東郭子曰：『期而後可。』莊子曰：『在螻蟻。』曰：『何其下邪？』曰：『在稊稗。』曰：『何其愈下邪？』曰：『在瓦甓。』曰：『何其愈甚邪？』曰：『在屎溺。』東郭子不應。莊子曰：『夫子之問也，固不及質。正獲之問於監市履狶也，每下愈況。』」

晉李頤注云：「正，亭卒也，獲，其名也。監市，市魁也，狶，大豕也，履，踐也。夫市魁履豕，履其股腳狶難肥處，故知豕肥耳；問道亦況下賤，則知道也。」唐成玄英疏：「正，官號，今之市令也。」按況，顯譬也，比也。莊子之文的原意是說：道無所不在，而下賤處，愈能見道。後來轉用爲愈趨愈壞的意思。亦作每況愈下。後人多混用，而不一律。宋洪邁容齋續筆卷八：

「所謂龜策，惟市井細人始習此藝，其得不過數錢，士大夫未嘗過而問也。伎術標牓，所在如織。……人人自以爲君平，家家自以季主，每況愈下。」

嚴君平，漢蜀人，名遵，以字行，賣卜於成都市。揚雄少時嘗從遊學，年九十餘卒。見漢書王貢兩龔鮑傳序。司馬季主，漢楚人，卜於長安東市。見史記日者傳。宋胡仔苕溪漁隱叢話後集二六：

「子瞻（蘇軾）自言平生不善唱曲，故閒有不入腔處，非盡如此。後山（陳師道）乃比之教坊司雷大使舞，是何每況愈下，蓋其謬耳。」

明末清初黃宗羲吾悔集卷一外舅葉公改葬墓誌銘：

「自公云亡，每況愈下。」

兒女英雄傳第三十四回：

「安老爺接過來，一面看着，一面點頭。又至看到結尾的一段，見寫道是：『此殆夫子聞達巷黨人之言，所以謂門弟子之意與！……況君車則卿御，卿車則大夫御，御實特重於周官。適衞則冉有僕，在魯則樊遲御，御亦習聞於吾黨，御固非卑者事也。夫子又何至每況愈下，以所執尤卑者爲之諷哉？』」

以上四例均作「每況愈下」。

梁啓超新民說第七節論進取冒險：

「危乎微哉！吾中國人無進取冒險之性質，自昔已然，而今且每況愈下也。」

這是梁氏亡命日本，主辦新民叢報時期的作品，時間是在清光緒末。又梁啓超雙濤閣日記，宣統二年正月二十一日云：

「九時起。寫張遷碑一葉，第二通竟。讀報。數日來銀價驟大落。……暴落之原因，蓋由印度增課銀塊入口稅。……然經此次後，銀價恐終無恢復至二十四辨士之日，只有每下愈況耳。」

宣統二年，梁氏仍居留在日本。新民說和雙濤閣日記二書均見於飲冰室專集。以上梁氏文章中的二例，一從俗作「每況愈下」，另一仍用莊子原文作「每下愈況」，而意義則都是用轉義，即越來越壞之意。

巴人在所著「墳」中，有一篇「從鬍鬚說到牙齒」，裏面曾含諷帶刺地這樣說：

「……實在似乎很有些章士釗之所謂『每況愈下』了，——自然，這一句成語，也並不是章士釗首先用錯的，但因爲他既以擅長舊學自居，我又正在給他打官司，所以就栽在他身上。」

從上面這段文字裏，顯然地透露出這個成語糾纏不清的情形。又清吳汝綸云：「據郭注，（郭象曰：『今問道之所在，而每況之於下賤。』）則正文當作每況愈下。」（錢穆莊子纂箋引）那麼，這又是對莊子的原文有不同的意見了。總之，由以上各例看來，「每下愈況」或「每況愈下」，二者現在宜可通用，不必拘泥。

最後說到況字。說文：「況，寒水也。」段玉裁云：「古矧兄、比兄皆用兄字，後乃用況字，後又改作况、作况。」則作況為正，作况或況均是俗體。

從「望眼欲穿」說開去

「望眼欲穿」，亦作「望眼將穿」，是形容盼望的深切。元王實甫西廂記第四本一折：

「望得人眼欲穿，想得人心越窄，多管是寃家不自在。」

又同書第一本一折：

「餓眼望將穿，饞口涎空嚥，空著我透骨髓相思病染，怎當他臨去秋波那一轉！」

溯源上去，則如杜甫喜達行在所詩：

「西憶岐陽信，無人遂卻回。眼穿當落日，心死著寒灰。」

又寄賈司馬嚴使君詩：

「舊好腸堪斷，新愁眼欲穿。」

白居易江樓夜吟元九律詩成三十韻：

「白頭吟處變，青眼望中穿。」

這個「穿」字甚奇特，有幾乎要穿出去的意思，用以形容盼望的熱切，耐人尋味。「望眼將穿」的「將」字，接近於口語。拍案驚奇卷八：

「酒罷起身，陳大郎道：『妻父母望眼將穿，旣蒙壯士厚恩完聚，得早還家爲幸。』」

「望眼欲穿」的「欲」字是文言。可是後來一般人多用「望眼欲穿」，而不用「望眼將穿」了。如明西湖居士明月環傳奇詰環：

「小姐望眼欲穿，老身去回覆小姐去也。」

曾文正公家書卷四道光二十九年六月初一日致諸弟書：

「昨日摺到後，又未接信。澄弟近日寫信，極勤且詳，而京中猶有望眼欲穿之時。」

又有一條成語，和「望眼欲穿」意近而稍異，就是「望穿秋水」。秋水猶秋波，比喻女人水汪汪的淸澈的眼波。這成語只限於指女子而言。白居易箏詩：

「雙眸翦秋水，十指剝春蔥。」

西廂記第三本二折：

「你若不去呵，望穿他盈盈秋水，蹙損他淡淡春山。」

明陳與郊靈寶刀劇空門悲痛：

「蹙損春山，望穿秋水。」

聊齋志異鳳陽士人：

「麗人不拒，卽以牙杖撫提琹而歌曰：『黃昏卸得殘妝罷，窗外西風冷透紗。聽蕉聲，一陣一陣細雨下，何處與人閒嗑牙？望穿秋水，不見還家，潸潸淚似麻。又是想他，又是恨他，手拏着紅繡鞋兒占鬼卦。』」

「伊於胡底」，意謂不知至於怎樣的程度而止，蓋指壞亂方面的情況而說。語本詩經小雅小旻篇：

「謀之其臧，則具是違；謀之不臧，則具是依。我視謀猶，伊于胡底。」

臧，善也。具，俱也。猶亦謀也。伊，發語詞。于，往也。底，至也。朱熹集傳音抵。底一作底，音旨。詩意是說：好的謀畫不肯聽，壞的却依從。我看他們的計謀，不知會搞到怎樣的地步呢？

後人用這成語的，如清沈赤然寒夜叢談三：

「靡曼成風，不知伊于胡底。」

清陳澧東塾讀書記卷二十一：

「當時談經講學者，至於如此，若非朱子排斥之，更不知伊於胡底矣。」

「於」同「于」，二字通用。同樣的情形，如「無所不至」，語本禮記大學，因爲上文有「小人閒居爲不善」，所以這成語也常指惡事而言，它的意思就是「什麼事都做得出來」。例如金瓶梅第七十二回：

「大抵妾婦之道，蠱惑其夫，無所不至。」

李漁十二樓鍾離睿水序：

「蓋自說部逢世，而侏儒侔利，苟以求售其言，猥褻鄙靡，無所不至，爲世道人心之患者無論矣。」

早年我在家鄉的時候，常聽見長輩說：「這小子亂來，眞是無所不至！」可知指壞事而言，是這成語的本來意義。

「喧賓奪主」，言反客爲主，以喻輕重倒置的意思。孟子萬章下：

「舜尙見堯，帝館甥于貳室，亦饗舜，迭爲賓主。」

清阮葵生茶餘客話卷二十：

「用三白酒或雪酒，不滿瓶，虛二三寸，編竹爲十字或井字障口，不令有餘不足。新摘茉莉數十朵，線繫其蒂懸竹下，令齊，離酒一指許，用紙封固，尋日香透。余仿爲之，香則噴鼻而酒味變矣。不論酒而論香，是爲喧賓奪主。」

梁啓超中國近三百年學術史十三：

「我對於里堂（焦循）有些不滿的，是嫌他太鶩於旁象而忽略本象。『旁通』『相錯』等是各卦各爻相互變化孳衍出來的義理，是第二步義理；本卦本爻各自有其義理，是第一步義理。里堂專講第二步，把第一步幾乎完全拋棄，未免喧賓奪主了。」

對於「喧賓奪主」的源流的探索，雖然曾經花了不少的工夫，可是因爲資料的不足，仍然不能令人滿意。有一個朋友告訴我說：見於資治通鑑晉紀江統「徙戎論」。但是我查閱通鑑晉紀和晉書江統傳，都查不到，可見此說不確。對此有興趣的通人學者們，關於「喧賓奪主」這條成語，倘能給我一些珍貴的指示，使它的考據能夠探源竟委，更臻完備，跂予望之。

日食萬錢

隨便翻閱弘一大師講演集，翻到一篇「略述印光大師之盛德」，其中有一段云：

「大師一生，於惜福一事最爲注意。衣食住等，皆極簡單粗劣，力斥精美。民國十三年，余至普陀山，居七日，每日自晨至夕，皆在師房內觀察師一切行爲。師每日晨食僅粥一大碗，無菜。師自云：『初至普陀時，晨食有鹹菜，因北方人喫不慣，故改爲僅食白粥，已三十餘年矣。』食畢，以舌舐碗，至極淨爲止。復以開水注入碗中，滌盪其餘汁，卽以之漱口，旋卽嚥下，惟恐輕棄殘餘之飯粒也。至午食時，飯一碗，大衆菜一碗。師食之，飯菜皆盡。……師自行如是，而勸人亦極嚴厲。見有客人食後，碗內賸有飯粒者，必大呵曰：『汝有多麼大的福氣？竟如此糟蹋！』此事常常有，余屢聞及人言之。」

飲食簡單，這是好習慣，可是像印光大師那樣的苦行，平常人一定做不到，而且也不見得願意學。因此我又想到和簡樸生活相反的一面：奢侈生活。晉朝的何曾以飲食特別講究出名，晉書何曾傳云：

「何曾字穎考，陳國陽夏人也。……武帝襲王位，以曾爲晉丞相。與裴秀等勸進，踐阼，拜太尉。……然性奢豪，務在華侈。帷帳車服，窮極綺麗，廚膳滋味，過於王者。每燕見，不食太官所設，帝輒命取其食。蒸餅上不坼作十字不食。食日萬錢，猶曰無下箸處。」晉書原作「食日萬錢」。晉書係唐太宗貞觀年間房玄齡等奉敕撰，在這以前，已有許多家晉史流行，著名者有王隱、何法盛、臧榮緒等十八家，但這些書都已亡佚。唐虞世南北堂書鈔卷一四四引王隱晉書，此句作「一日食至萬錢」（據吳士鑑晉書校注），太平御覽卷四七一引王隱晉書作「日饍萬錢」（據湯球九家舊晉書輯本），那麼所引的文句又有不同，不知孰是。後人引用此語，多作「日食萬錢」。如司馬光「訓儉示康」云：

「何曾日食萬錢，至孫以驕溢傾家。」

司馬光是一個著名的文人兼史學家，他的文章影響極大，於是「日食萬錢」與何曾的奢侈惡聲遂一同流傳於後世了。

警世通言卷十七：

「有個王涯丞相，官居一品，權壓百僚，僮僕千數，日食萬錢。」

袁枚小倉山房尺牘「答章觀察招飲」云：

「昔何曾日食萬錢，猶嫌無下箸處，人多怪其過侈。」

同樣都作「日食萬錢」，比晉書原句實在較爲明白自然。這也可以說是成語的流變。最新增訂本辭海日部有一條「日食萬錢」，引晉書何曾傳作「日食萬錢」；食部另有一條「食日萬錢」，引晉書何曾傳則作「食日萬錢」。這樣使查閱者不知何所適從，徒增困擾。最後爲了明白究竟，還是非查原書不可。

話又說回來。其實眞正懂得飲食滋味的，不一定在乎費錢的多少。天天吃肥膩的肴饌，吃多了，倒了胃口，什麼山珍海錯，都會覺得沒有味。何曾所以「嫌無下箸處」，我想正是他的胃口不好的緣故。蒸餅上面一定要裂開作十字形，才要吃，否則就不吃，這種吃法，似乎有點太挑剔了。蘇東坡答畢仲擧書說：

「偶讀戰國策，見處士顏歜之語：『晚食以當肉』。欣然而笑。若歜者，可謂巧於居貧者也。菜羹菽黍，方飢而食，其味與八珍等；而旣飽之餘，芻豢滿前，惟恐其不持去也。」一個人胃口好，吃東西才會有味，如果食慾不振，最好的佳肴珍饈也難以下嚥了。關於生活方面，東坡確比何曾強多了，他懂得飲食的眞滋味。他有一首擷菜詩幷引云：

「吾借王參軍地種菜，不及半畝，而吾與過子終年飽菜。夜半飮醉，無以解酒，輒擷菜煮之，味含土膏，氣飽風露，雖粱肉不能及也。人生須底物而更貪耶？乃作四句：秋來霜露滿東園，蘆菔生兒芥有孫。我與何曾同一飽，不知何苦食雞豚？」

他雖然以「東坡肉」出名，同時他也喜歡吃蔬菜。他覺得蘿蔔芥菜的滋味，跟何曾「日食萬錢」的「雞豚」是同樣的可口。口腹的享受，不必一定求之於昂貴的珍饈異味，當地的各種土產，遇到就吃。他謫居黃州的時候，「答秦太虛書」裏說：「柑橘椑柿極多，大芋長尺餘，不減蜀中。羊肉如北方，豬牛麞鹿如土，魚蟹不論錢。」在飲食方面，他眞是一個口福不淺的人，何曾跟他比，只能算是小巫見大巫了。

我覺得物質方面固然重要，但是生活的情趣也不可忽視。世說新語任誕篇云：

「王子猷（徽之）嘗暫寄人空宅住，便令種竹。或問：『暫住何煩爾？』王嘯詠良久，直指竹曰：『何可一日無此君？』」

後人叫竹子做「此君」，就因爲王子猷曾經說了這句話。竹林的景色是極幽雅的，清靜的，容易使人聯想到隱士。詩經衞風淇澳云：「瞻彼淇澳，綠竹猗猗。有斐君子，如切如磋，如琢如磨。」這詩是以綠竹之美盛，興起文采斐然的君子。阮籍、嵇康、山濤等七人，常聚集於竹林下面，恣意清談闊論，至今傳爲美談。竹的葉子是翠綠的，竹竿是挺直的，我們偶然抬頭望着一帶淡雅的竹林、幽篁，平日間一切的俗累塵念都會消失無餘了。何曾積滿胸中的，無非是些仕途的崎嶇榮辱，而王子猷的胸中則盡是山陰夜雪，竹院清風。兩人相比，眞是不可同日而語啊。

住在都市裏的人們，如果常在假日到山間水涯走走，看看竹林掩映的自然美景，拋開講究的庖廚滋味的享受，其益處實非鮮淺。東坡綠筠軒詩云：「可使食無肉，不可居無竹。無肉令人瘦，無竹令人俗。人瘦尙可肥，士俗不可醫。」既然嫌棄庸俗，也就不喜歡華侈。所以要是能夠重視生活的情趣，奢侈庸俗的氣習自然就會淡薄了。

將伯之呼

宋葉夢得石林詩話云：

「唐彥謙題漢高廟云：『耳聽明主提三尺，眼見愚民盜一抔。』雖是著題，而語皆歇後。」

提三尺指劍，史記高祖紀：「吾以布衣提三尺劍取天下。」（漢書刪去「劍」字，作「提三尺取天下」。）盜一抔指墳墓，史記張釋之傳：「假令愚民取長陵一抔土，陛下何以加其法乎？」現在把「劍」字、「土」字皆隱去不說，故稱歇後語。

在修辭學的書上又叫做藏詞。不過藏詞有藏了成語後半截和藏了成語前半截之分：藏後半截的，即歇後語，如陶淵明庚子歲從都還詩：「再喜見友于。」此本於論語爲政：「書云：『孝乎惟孝，友于兄弟。』」（各本句讀有不同，此從蔣伯潛註本。僞古文尚書君陳篇：「惟孝，友于兄弟。」乃是從論語所引之文改易而成。）藏去「兄弟」，而以「友于」代「兄弟」；藏前半截的，如韓愈符讀書城南詩：「爲爾惜居諸。」這是本於詩經邶風柏舟：「日居月諸。」藏去「日月」，而以「居諸」代「日月」。又有把俗語用作歇後語的，在口語中最多。由譬、解兩截構成，常常譬、解並列，例如：「棺材裏伸出手來——死要（錢）。」（二十年目睹之怪現狀第九十二回）有意讓聽的人猜想一下，然後恍然大悟，而達到會心喜悅的效果。

「將伯之乎」也是歇後語。詩經小雅正月篇云：

「終其永懷，又窘陰雨。其車既載，乃棄爾輔。載輸爾載，將伯助予。」

將，音ㄑㄧㄤ，請也；伯，長者，尊敬人的稱呼，謂請長者助我。朱熹集傳引蘇氏曰：「苟其載之既墮，而後號伯以助予，則無及矣。」這一節詩意是說：下雨泥濘，扔掉車子兩旁的板，車上所載的東西都散落了，於是大聲呼喊：「老大哥快來幫助我！」「將伯之呼」是將詩經「將伯助予」語中的「助予」隱去，而其意實是求助於人。後來又用作向人借錢的較爲婉轉的語詞。如清沈復浮生六記卷三云：

「二月初，日煖風和，以靖江之項薄備行裝，訪故人胡肯堂于邗江鹽署。有貢局衆司事公延入局，代司筆墨，身心稍定。至明年壬戌（一八〇二）八月，接芸書曰：『病體全瘳。惟寄食于非親非友之家，終覺非久長之策，願亦來邗，一覩平山之勝。』余乃賃屋于邗江先春門外，臨河兩椽。自至華氏接芸同行。時已十月，平山淒冷，期以春遊。滿望散心調攝，徐圖骨肉重圓。不滿月，而貢局司事忽裁十有五人，余係友中之友，遂亦散閒。芸始猶百計代余籌畫，強顏慰藉，未嘗稍涉怨尤。至癸亥（一八〇三）仲春，血疾大發。余欲再至靖江，作將伯之呼。芸曰：『求親不如求友。』余曰：『此言雖是，奈友雖關切，現皆閒處，自顧不遑。』芸曰：『幸天時已煖，前途可無阻雪之慮。願君速去速回，勿以病人爲念。』時已薪水不繼，余佯爲雇騾以安其心，實則囊餠徒步，且食且行。向東南，兩渡叉河，約八九十里，四望無村落。至更許，但見黃沙漠漠，明星閃閃。……過泰興，卽有小車可附。申刻抵靖，投刺焉。良久，司閽者曰：『范爺因公往常州去矣。』察其辭色，似有推託。余詰之曰：『何日可歸？』曰：『不知也。』余曰：『雖一年亦將待之。』閽者會余意，私問曰：『公與范爺嫡郎舅耶！』余曰：『苟非嫡者，不待其歸矣。』閽者曰：『公姑待之。』越三日，乃以回靖告，共挪二十五金。雇騾急返。」

引人家的文章似乎引得太長了，但這一段寫他們夫婦貧病交迫，不得不向人借錢，而受盡炎涼世態的苦楚的情形，感人太深了，實在捨不得把它節得太短。子路說：「傷哉貧也！」只一句話，說盡窮人無限的苦處。沈復和陳芸，天生的一對嘉偶，趣味旣然相投，感情又非常融洽，本來應該會幸福的了，可是家庭間的糾紛，上不得父母的歡心，下不得弟弟的諒解，「女子無才便是德」，作者也承認這是「千古至言」，只因爲他們有眞摯的感情，愛美的情趣，率眞浪漫的性格，尤其是女人，像陳芸那樣不同流俗的個性，在舊式的大家庭裏，樣樣格格不入。況且又因爲失業、生病，使他們陷於絕境。上面所引一段文字裏提到范爺，是沈復的姊夫范惠來，那時在靖江鹽公堂任會計。范過去曾向沈借過錢，因此沈復向他求援，第一次是給了他錢的；但這是第二次，他就想推託不理了。富蘭克林所編印的可憐蟲理查曆書有一條格言說：「欠債的多健忘，討債的記性強。」說得眞不錯。但芸終於禁不起種種的打擊，於這年（嘉慶癸亥）三月病死於揚州。沈復腸斷心碎，形單影隻，備極淒涼。司馬遷云：「虞卿非窮愁，亦不能著書以自見於世。」同樣的情形：沈三白如果不是窮愁無聊，懷念舊事，情不能已，也許就不會寫這部令人感傷悽慘而不朽的浮生六記。這或許可以說是窮人們一點小小的慰藉吧。

「將伯之呼」這成語，又常常用於尺牘中。許葭村秋水軒尺牘「向順德司馬李借銀」云：

「前以援例，不待將伯之呼，卽荷玉成之雅。在大君子樂成人美，加惠無窮；而弟屢沐厚施，未免受之增愧。」

所謂「援例」，是依照成例捐官，需要一筆銀子，所以到處向人借湊。又「向陸緘之借銀」云：

「弟爲援例，日呼將伯。詎意秋雲世態，流水人情。平時敦氣誼，重然諾，一語通財，反眼若不相識。蓋自告急以來，幾於『十扣柴扉九不開』矣。」

「十扣柴扉九不開」，是宋葉適「遊小園不値」詩句，本是訪友不遇卽景的詩，這裏借用爲十次當中有九次借錢都被人拒絕了。世情薄如紙，如果你有「緩急」的時候，肯伸出手來拉你一把的人，眞是少得很，難怪許葭村要生此感慨。於是我又想起某天才作家（今隱其名）的一篇文章，提到有一次他窮得兩天沒吃東西，實在餓得受不住了，無可奈何中竟寫信向素不相識的文人郁達夫求援，不料第二天郁（「眞是好人！」他這樣稱讚郁。）親自來看他，請他上館子吃了一頓外，還借他兩塊銀元。像這樣古道熱腸的好人，我想，在這擾擾攘攘的世上是不會時常碰到的吧。

曾經滄海

「曾經滄海」是常用的成語，有的辭典上只註云見元稹詩：「曾經滄海難爲水」，而未寫明詩題；也有註明詩題「離思」，但是如果在元氏長慶集中找，却找不到這首詩。其故何在？陳寅恪元白詩箋證稿第四章豔詩及悼亡詩說：

「元氏長慶集三十敍詩寄樂天書云：『不幸少有伉儷之悲，撫存感往，成數十詩，取潘子悼亡爲題。又有以干教化者，近世婦人暈淡眉目，綰約頭鬢，衣服修廣之度及匹配色澤尤極怪豔，因爲豔詩百餘首。』寅恪案：今存元氏長慶集爲不完殘本。其第九卷中夜閒等詩，皆爲悼亡詩；韋穀才調集第五卷所錄微之詩五十七首，雖非爲一人而詠，但所謂豔詩者，大抵在其中也。微之自編詩集，以悼亡詩與豔詩分歸兩類。其悼亡詩卽爲元配韋叢而作。其豔詩則多爲其少日之情人所謂崔鶯鶯者而作。微之以絕代之才華，抒寫男女生死離別悲歡之情感，其哀豔纏綿，不僅在唐人詩中不可多見，而影響於後來之文學尤巨。如鶯鶯傳者，初本微之文集中附庸小說，其後竟演變流傳成爲戲曲中之大國鉅製。」

「離思」詩五首，是元稹爲鶯鶯（又隱二「鶯」字稱雙文）而寫的。元氏長慶集不載，見於五代蜀韋縠所編的才調集。所謂鶯鶯傳，見於太平廣記四八八雜傳記類，卽世稱爲會眞記，是元稹所作的一篇傳奇。宋趙令時侯鯖錄卷五引時人說云：「……所謂傳奇者，蓋微之自敍，特假他姓以自避耳。」傳奇小說，常是半眞半假的，其所謂張生，卽元微之的化名。就像歌德自傳，又名「詩與眞實」，連寫自傳都會如此眞實中帶虛假，何況傳奇小說？元稹旣然始亂終棄，不免內疚，但又念念不忘舊情，這是他的矛盾的性格。所以有關於這類愛情的傳奇及豔詩，自然不宜於收在他的集內。清康熙四十六年敕編的全唐詩卷四二二載有離思詩，聯經出版公司影印「全唐詩稿本」，據說是御製全唐詩的初稿。（詳見卷首劉兆祐教授「御定全唐詩與錢謙益季振宜遞輯唐詩稿本關係探微」）稿本第三十八册，元稹詩共二十八卷，二十六卷以前均採自元氏長慶集，二十七卷以後，季振宜註云：「以下詩俱集不載。」大多數採自才調集。頁邊尙有「才調集」三個字可辨認，足以證明這些詩是元氏長慶集中所未載的。「離思」詩五首，在第二十七卷中，其四云：

「曾經滄海難爲水，除却巫山不是雲。取次花叢懶迴顧，半緣修道半緣君。」

「難爲水」本來出於孟子盡心上：

「故觀於海者難爲水，遊於聖人之門者難爲言。」

意思是說：看過汪洋大海的人，對着小水就覺得不足觀了；聽了聖人的偉大的言論，也會覺得一般人的言論鄙陋不足道了。元稹的詩「曾經滄海難爲水」等句，是指愛情方面的，言其情感之深摯，不可能再對別的女人鍾情。後來截取「曾經滄海」四個字，把它的含意擴大了，用作經歷豐富眼界開闊的比喻。如兒女英雄傳第三十一回：

「隔了半盞茶時，只見靠東這扇牕戶上有豆兒大的一點火光兒一晃，早燒了個小窟窿，插進枝香來，一時便覺那香的氣味有些鑽鼻刺腦。請教，一個曾經滄海的十三妹，這些個頑意兒可有個不在行的？」

另有一句成語：「歷盡滄桑」，有點和「曾經滄海」相近，而其意義卻有別，是說飽經變易動亂的世事。這是從「滄海桑田」演變而來的。舊題晉葛洪神仙傳王遠：

「麻姑自說云：『接侍以來，已見東海三爲桑田。』」全唐詩儲光義獻八舅東歸詩：「獨往不可羣，滄海成桑田。」牡丹亭繕備：「乍想起瓊花當年吹暗香，幾點新亭，無限滄桑。」

此外尚有一條和水有關的成語，我覺得也值得探索一番，就附在這裏談一談。這就是「水到渠成」。景德傳燈錄卷十二：

「問：『如何是妙用一句？』（光涌）師曰：『水到渠成。』」

蘇軾答秦太虛書：

「初到黃，廩入既絕，人口不少，私甚憂之。但痛自節儉，日用不得過百五十。每月朔，便取四千五百錢，斷爲三十塊，掛屋梁上，平旦用畫叉挑取一塊，卽藏去叉，仍以大竹筒別貯用不盡者，以待賓客，此賈耘老法也。度囊中尙可支一歲有餘，至時別作經畫，水到渠成，不須預慮。以此胸中都無一事。」又與章子厚書：「窮達得喪，粗了其理。但祿廩相絕，恐年載間，遂有飢寒之憂，不能不少念；然俗所謂水到渠成，至時亦必自有處置，安能預爲之愁煎乎？」

明何孟春餘冬序錄云：

「東坡與人書，間及生事不濟，輒自解云：『水到渠成，不須預慮。』愚謂：『水到魚行』，『水到渠成』，其意同也，皆事任自然，時至輒濟之意。」

「水到渠成」是一句俗語，比喻凡事須任其自然，時機一到，自會成功。東坡生性曠達，在窮困患難中能夠逆來順受，所以特別喜歡引用這句成語。餘冬序錄所說，非常確切而且有意思。

范成大送劉唐卿戶曹擢第西歸詩：

「學力根深方蒂固，功名水到自渠成。」

朱熹答路德章書：

「所喩水到渠成之說，意思畢竟在渠上，未放水東流時，已先作屈曲整備了矣。」

清李漁閒情偶寄卷三詞曲部大收煞：

「全本收場，名爲大收煞。如一部之內，要緊腳色，其先東南西北，各自分開，到此必須會合；但其會合之故，須要自然而然，水到渠成，非由車戽，最忌無因而至，突如其來。」

兒女英雄傳第三十回：

「果然有命，水到渠成，十年之間，不愁到不了台閣封疆的地位。」

以上諸例，都是不期然而然，不須勉強之意。亦作「水到船浮」，其意義亦相同。朱子語類訓門人五：

「見面前只是理，覺如水到船浮，不至有甚慳澀。」

不過「水到船浮」這成語，現在已經很少有人用了。

取法於上僅得其中

有人問我：「常常聽人說：『取法於上，僅得其中。』這話的出處到底在哪裏？」

我回答說：「這是唐太宗說的話。」

「那麼是在唐書上，——可是不知是新唐書或是舊唐書呢？」

「都不是。這話見於資治通鑑。」

一般的辭典裏都沒有「取法於上僅得其中」這一條目，而寫作的時候常會用得到，因此類似上面的一段對話，我曾經碰到過好幾次。

資治通鑑唐紀十四：

「太宗貞觀二十二年，正月，上作帝範十二篇，以賜太子，……且曰：『脩身治國，備在其中。一旦不諱，更無所言矣。』又曰：『汝當更求古之哲王以爲師，如吾不足法也。夫取法於上，僅得其中；取法於中，不免爲下。……汝無我之功勤，而承我之富貴，竭力爲善，則國家僅安，驕惰奢縱，則一身不保。且成遲敗速者國也，失易得難者位也。可不惜哉，可不愼哉！』」

通鑑載唐太宗這話，本又採取自唐太宗的帝範四：

「取法于上，僅得其中；取法于中，故爲其下。」

唐太宗所說「取法於上，僅得其中」這幾句話的原意，無非是在強調從師取法，寧高毋低，以免趨於下流。可是如果斷章取義地實行起來的話，我想是有弊病的。所謂取法，就是效法他人的所爲。果眞這樣：效法上者只得到中等，效法中者就只能得下品，那麼豈不是「一代不如一代」了？以學習而言，初學者仿效觀摩，也未嘗不可。但假如一輩子都從事於模倣，自己不能有所突破，也就不足觀了。荀子勸學篇說：「青，取之於藍，而青於藍；冰，水爲之，而寒於水。」這就是突破。必須自己有了創獲，才能夠高人家一等。

宋朝米元章（芾），人稱米顚，有潔癖、石癖、書癖，流傳可笑的韻事最多。世說新語補惑溺篇說：

「米元章在眞州，嘗謁蔡攸於舟中。攸出右軍王略帖示之，元章驚歎。求以他畫易之，攸有難色。元章曰：『若不見從，某卽投此江死矣！』因大呼，據船舷欲墮。攸卽與之。」

這件事可見他對於書法的狂熱。他尤其工於臨摹古人的墨迹，幾幾乎要亂眞。宋葛立方韻語陽秋卷十四云：

「米元章書畫奇絕。從人借古本臨搨，臨竟，併與臨本、眞本，令自擇其一，不能辨也。以此得古人書畫甚多。山谷戲贈云：『澄江靜夜虹貫月，定是米家書畫船。』」

所謂「米家書畫船」，是因爲米元章出遊，常常載着滿船的書畫，他坐在船上，隨時可以拿出來欣賞。人家認得是他坐的船，都說：「這是米家書畫船！」他早期的書法，臨摹的功夫很深，但只是集諸家的筆法之大成，尚不能自成一家，所以錢穆父譏笑他爲「集字」。他受了這個刺激後，於是放開筆來任意揮灑，竟然成了名家。以上有些瑣事，曾見於「墨池編」、「書法津梁」等書，但手頭沒有原書，無從查閱，僅能記其大略而已。我記述米元章這些逸事的用意只是想說：效法他人是學習的階段，假如想獨樹一幟，別創一格，那就非突破創新不可。

程伊川說：

「君子之學必日新。日新者，日進也；不日新者，必日退。未有不進而不退者。」（近思錄卷二）

要不斷地求進，就要不斷地求新，永遠不間斷，勿使留滯在一個階段上。

不僅如此，當你到達非常高的境界時，應該不肯就此罷休，還應當更上一層。

傳燈錄卷十：

「招賢大師示一偈曰：『百丈竿頭不動人，雖然得入未爲眞；百丈竿頭須進步，十方世界是全身。』」

傳燈錄是北宋眞宗景德元年沙門道原所纂，到南宋理宗淳祐年間，釋普濟取傳燈錄、廣燈錄等五種書撮要編爲五燈會元，卷四引招賢禪師偈，其第一、第三句均作「百尺竿頭」，其餘的字均同。這是成語的演變。「百丈竿頭」未免太誇張了，竹竿哪裏有百丈長的呢？石林詩話引晏元獻題「上竿伎」詩云：「百尺竿頭裹裹身，足騰跟挂駭旁人。」詩中所描寫的是指民間的特技，故知「百尺竿頭」是慣用語。所以「百丈竿頭須進步」後來改成「百尺竿頭須進步」，較前平易，自然爲一般人所接受了。

「百尺竿頭須進步」這句話，是要你精益求精，發出你的潛力，向上更作猛烈的衝刺，而務須達到高上加高的境界。

滄海叢刊已刊行書目(七)

書名	作者	類別
色彩基礎	何耀宗	美術
水彩技巧與創作	劉其偉	美術
繪畫隨筆	陳景容	美術
素描的技法	陳景容	美術
人體工學與安全	劉其偉	美術
立體造形基本設計	張長傑	美術
工藝材料	李鈞棫	美術
石膏工藝	李鈞棫	美術
裝飾工藝	張長傑	美術
都市計劃概論	王紀鯤	建築
建築設計方法	陳政雄	建築
建築基本畫	陳榮美 楊麗黛	建築
中國的建築藝術	張紹載	建築
室內環境設計	李琬琬	建築
現代工藝概論	張長傑	雕刻
藤竹工	張長傑	雕刻
戲劇藝術之發展及其原理	趙如琳	戲劇
戲劇編寫法	方寸	戲劇

滄海叢刊已刊行書目(六)

書名	作者	類別
記號詩學	古添洪	比較文學
中美文學因緣	鄭樹森編	比較文學
韓非子析論	謝雲飛	中國文學
陶淵明評論	李辰冬	中國文學
中國文學論叢	錢穆	中國文學
文學新論	李辰冬	中國文學
分析文學	陳啓佑	中國文學
離騷九歌九章淺釋	繆天華	中國文學
苕華詞與人間詞話述評	王宗樂	中國文學
杜甫作品繫年	李辰冬	中國文學
元曲六大家	應裕康 王忠林	中國文學
詩經研讀指導	裴普賢	中國文學
迦陵談詩二集	葉嘉瑩	中國文學
莊子及其文學	黃錦鋐	中國文學
歐陽修詩本義研究	裴普賢	中國文學
清真詞研究	王支洪	中國文學
宋儒風範	董金裕	中國文學
紅樓夢的文學價值	羅盤	中國文學
中國文學鑑賞舉隅	黃慶萱 許家鸞	中國文學
牛李黨爭與唐代文學	傅錫壬	中國文學
浮士德研究	李辰冬譯	西洋文學
蘇忍尼辛選集	劉安雲譯	西洋文學
文學欣賞的靈魂	劉述先	西洋文學
西洋兒童文學史	葉詠琍	西洋文學
現代藝術哲學	孫旗譯	藝術
音樂人生	黃友棣	音樂
音樂與我	趙琴	音樂
音樂伴我遊	趙琴	音樂
爐邊閒話	李抱忱	音樂
琴臺碎語	黃友棣	音樂
音樂隨筆	趙琴	音樂
樂林蓽露	黃友棣	音樂
樂谷鳴泉	黃友棣	音樂
樂韻飄香	黃友棣	音樂

滄海叢刊已刊行書目(五)

書名	作者	類別
青囊夜燈	許振江	文學
我永遠年輕	唐文標	文學
思想起	陌上塵	文學
心酸記	李喬	文學
離訣	林蒼鬱	文學
孤獨園	林蒼鬱	文學
托塔少年	林文欽編	文學
北美情逅	卜貴美	文學
女兵自傳	謝冰瑩	文學
抗戰日記	謝冰瑩	文學
我在日本	謝冰瑩	文學
給青年朋友的信(上)(下)	謝冰瑩	文學
孤寂中的廻響	洛夫	文學
火天使	趙衛民	文學
無塵的鏡子	張默	文學
大漢心聲	張起鈞	文學
回首叫雲飛起	羊令野	文學
康莊有待	向陽	文學
情愛與文學	周伯乃	文學
文學邊緣	周玉山	文學
大陸文藝新探	周玉山	文學
累廬聲氣集	姜超嶽	文學
實用文纂	姜超嶽	文學
林下生涯	姜超嶽	文學
材與不材之間	王邦雄	文學
人生小語	何秀煌	文學
印度文學歷代名著選(上)(下)	糜文開	文學
寒山子研究	陳慧劍	文學
孟學的現代意義	王支洪	文學
比較詩學	葉維廉	比較文學
結構主義與中國文學	周英雄	比較文學
主題學研究論文集	陳鵬翔主編	比較文學
中國小說比較研究	侯健	比較文學
現象學與文學批評	鄭樹森編	比較文學

滄海叢刊已刊行書目（四）

書名	作者	類別
還鄉夢的幻滅	賴景瑚	文學
葫蘆・再見	鄭明娳	文學
大地之歌	大地詩社	文學
青春	葉蟬貞	文學
比較文學的墾拓在臺灣	古添洪 陳慧樺	文學
從比較神話到文學	古添洪 陳慧樺	文學
牧場的情思	張媛媛	文學
萍踪憶語	賴景瑚	文學
讀書與生活	琦君	文學
中西文學關係研究	王潤華	文學
文開隨筆	糜文開	文學
知識之劍	陳鼎環	文學
野草詞	韋瀚章	文學
現代散文欣賞	鄭明娳	文學
現代文學評論	亞菁	文學
當代台灣作家論	何欣	文學
藍天白雲集	梁容若	文學
思齊集	鄭彥棻	文學
寫作是藝術	張秀亞	文學
孟武自選文集	薩孟武	文學
小說創作論	羅盤	文學
往日旋律	幼柏	文學
現實的探索	陳銘磻編	文學
金排附	鍾延豪	文學
放鷹	吳錦發	文學
黃巢殺人八百萬	宋澤萊	文學
燈下燈	蕭蕭	文學
陽關千唱	陳煌	文學
種籽	向陽	文學
泥土的香味	彭瑞金	文學
無緣廟	陳艷秋	文學
鄉事	林清玄	文學
余忠雄的春天	鍾鐵民	文學
卡薩爾斯之琴	葉石濤	文學

滄海叢刊已刊行書目 (三)

書名	作者	類別
財經時論	楊道淮	經濟
中國歷代政治得失	錢穆	政治
周禮的政治思想	周世輔 周文湘	政治
儒家政論衍義	薩孟武	政治
先秦政治思想史	梁啓超原著 賈馥茗標點	政治
憲法論集	林紀東	法律
憲法論叢	鄭彥棻	法律
師友風義	鄭彥棻	歷史
黃帝	錢穆	歷史
歷史與人物	吳相湘	歷史
歷史與文化論叢	錢穆	歷史
歷史圈外	朱桂	歷史
中國人的故事	夏雨人	歷史
老台灣	陳冠學	歷史
古史地理論叢	錢穆	歷史
秦漢史	錢穆	歷史
我這半生	毛振翔	歷史
弘一大師傳	陳慧劍	傳記
蘇曼殊大師新傳	劉心皇	傳記
當代佛門人物	陳慧劍	傳記
孤兒心影錄	張國柱	傳記
精忠岳飛傳	李安	傳記
師友雜憶 八十憶雙親 合刊	錢穆	傳記
困勉強狷八十年	陶百川	傳記
中國歷史精神	錢穆	史學
國史新論	錢穆	史學
與西方史家論中國史學	杜維運	史學
清代史學與史家	杜維運	史學
中國文字學	潘重規	語言
中國聲韻學	潘重規 陳紹棠	語言
文學與音律	謝雲飛	語言

滄海叢刊已刊行書目（二）

書名	作者	類別
韓非子的哲學	王邦雄	中國哲學
墨家哲學	蔡仁厚	中國哲學
知識、理性與生命	孫寶琛	中國哲學
逍遙的莊子	吳怡	中國哲學
中國哲學的生命和方法	吳怡	中國哲學
儒家與現代中國	韋政通	中國哲學
希臘哲學趣談	鄔昆如	西洋哲學
中世哲學趣談	鄔昆如	西洋哲學
近代哲學趣談	鄔昆如	西洋哲學
現代哲學趣談	鄔昆如	西洋哲學
佛學研究	周中一	佛學
佛學論著	周中一	佛學
禪話	周中一	佛學
天人之際	李杏邨	佛學
公案禪語	吳怡	佛學
佛教思想新論	楊惠南	佛學
禪學講話	芝峯法師	佛學
圓滿生命的實現 （布施波羅蜜）	陳柏達	佛學
不疑不懼	王洪鈞	教育
文化與教育	錢穆	教育
教育叢談	上官業佑	教育
印度文化十八篇	糜文開	社會
中華文化十二講	錢穆	社會
清代科舉	劉兆璸	社會
世界局勢與中國文化	錢穆	社會
國家論	薩孟武譯	社會
紅樓夢與中國舊家庭	薩孟武	社會
社會學與中國研究	蔡文輝	社會
我國社會的變遷與發展	朱岑樓主編	社會
開放的多元社會	楊國樞	社會
社會、文化和知識份子	葉啓政	社會
臺灣與美國社會問題	蔡文輝 蕭新煌 主編	社會
日本社會的結構	福武直 著 王世雄 譯	社會
財經文存	王作榮	經濟

滄海叢刊已刊行書目(一)

書名	作者	類別
國父道德言論類輯	陳立夫	國父遺教
中國學術思想史論叢(一)(二)(三)(四)(五)(六)(七)(八)	錢穆	國學
現代中國學術論衡	錢穆	國學
兩漢經學今古文平議	錢穆	國學
先秦諸子論叢	唐端正	國學
先秦諸子論叢(續篇)	唐端正	國學
儒學傳統與文化創新	黃俊傑	國學
宋代理學三書隨劄	錢穆	國學
湖上閒思錄	錢穆	哲學
人生十論	錢穆	哲學
中國百位哲學家	黎建球	哲學
西洋百位哲學家	鄔昆如	哲學
比較哲學與文化(一)(二)	吳森	哲學
文化哲學講錄(一)(二)(三)	鄔昆如	哲學
哲學淺論	張康	哲學
哲學十大問題	鄔昆如	哲學
哲學智慧的尋求	何秀煌	哲學
哲學的智慧與歷史的聰明	何秀煌	哲學
內心悅樂之源泉	吳經熊	哲學
愛的哲學	蘇昌美	哲學
是與非	張身華譯	哲學
語言哲學	劉福增	哲學
邏輯與設基法	劉福增	哲學
知識・邏輯・科學哲學	林正弘	哲學
中國管理哲學	曾仕强	哲學
老子的哲學	王邦雄	中國哲學
孔學漫談	余家菊	中國哲學
中庸誠的哲學	吳怡	中國哲學
哲學演講錄	吳怡	中國哲學
墨家的哲學方法	鍾友聯	中國哲學